저게 저절로 붉어질 리는 없다

일러두기

- 이 시선집은 1979년부터 2019년까지 시인이 펴낸 시집 가운데 절판된 아홉 권의 책에서 가려 뽑은 시로 엮었다. 단 1979년과 1981년에 각각 펴낸 첫 시집 『햇빛사냥』과 두번째 시집 『완전주의자의 꿈』은 현재 절판 상태이나 2022년 초 복간(문학동네) 예정이라 선집 대상에서 제외하였다. 각 시집의 발표 연도에 따라 순차적으로 시를 구성하였고, 각 부는 이를 임의대로 가름한 것이다. 해당 시집은 다음과 같다. 『그리운 나라』(1984), 『어둠에 바친다』(1985), 『새들은 황혼 속에 집을 짓는다』(1987), 『어떤 길에 관한 기억』(1989), 『다시 첫사랑의 시절로 돌아갈 수 있다면』(1998), 『간장 달이는 냄새가 진동하는 저녁』(2001), 『물은 천 개의 눈동자를 가졌다』(2002), 『붉디붉은 호랑이』(2005), 『절벽』(2007).

저게 저절로 붉어질 리는 없다

장석주 시선집

ㄴㄴ〉〈ㄷㄴ

시인의 말

어쩌다 시를 쓰게 됐을까? 이른 나이에 시에 노출된 환경 탓이었을까, 외톨이 소년의 외로움 탓이었을까? 나를 시로 이끈 것은 내 안에 뾰족하게 내민 우쭐힌 기분이거나 사춘기의 영웅 심리였을지도 모른다. 시가 내 차가운 이마를 콕 찍어 호명했다고 말하지는 못한다. 어느 날 내 안에 시의 싹이 조그맣게 돋아났으니 그건 우연의 일이고 신기한 사건이었다.

시는 눈썹, 광휘, 계시이다. 시는 늘 걸음이 빨라 나보다 앞서갔다. 저만큼 앞서가는 시를 따라가기에 바빴다. 모름 속에서 모름을 견디며 꾸역꾸역 시를 썼으나 시에 목숨을 건 듯 살지는 않았다. 돌이켜보면, 삶으로 시를 빚지 않고, 시로 삶을 빚은 듯하다. 그동안 시가 내 몸을 관통하고 지나갔다.

시의 기쁨과 매혹에 사로잡혀 지낸 오십 년이다. 한데, 내 창작 농업의 소출은 볼품없이 빈곤하구나! 천둥과 벼락같은 시를 쓰지 못했다. 비록 쩨쩨한 시를 잔뜩 썼으나 시에 기대어 아무 광채도 없는 세월을 건너왔다. 여기, 계절과 날씨를 가로세로 엮어 짠 시, 시골쥐의 드난살이 같은 시, 눈꺼풀만큼 가벼운 우울로 빚은 시를 골라 엮은 시집 한 권을 펴낸다. 이 작은 소출을 벗들과 나누기 위함이다. 시를 공들여 골라내고, 시집을 엮는 수고는 전적으로 김민정 시인의 몫이었다. 평생 갚아야 할 큰 빚을 졌다.

2021년 늦가을, 파주에서
장석주

차례

2부   나는 이상하게 슬퍼지지 않는다

4부   사자 새끼가 사자 소리를 내는 것

1부

그리움은 그렇게 컸구나

그리운 나라

1
시월이면 돌아가리 그리운 나라
젊은 날의 첫 아내가 사는 고향
지금은 모르는 언덕 들이 생기고
말없이 해 떨어지면 묘비 비스듬히 기울어
계곡의 가재들도 물그늘로 흉한 몸 숨기는 곳
이미 십 년 전부터 임신중인 나의 아내
만삭이 되었어도 그 자태는 요염하게 아름다우리
시월이면 돌아가리 그리운 나라
연기가 토해내는 굴뚝
속에서 꾸역꾸역 나타나는 굴뚝 아래
검은 구름 속에서 낙과처럼 추락하는
흰 새들의 어두운 하루 애꾸눈 개들이
희디흰 대낮 거리에서 수은을 토한다

　　—수은을 먹고 흘리는 수은의 눈물,
　　　눈물방울
　　　절벽 같은 천둥번개 같은

2

시월이면 돌아가리 그리운 나라
달의 엉덩이가 구릉에 걸리고
너도밤나무 숲속 위의 하늘에도 그리운
물고기들이 날아다니는 것이 자주 발견된다
아내의 지느러미는 여전히 매끄럽고 그동안
낳은 딸들은 낙엽 밑에 잠들어 있으리 아내는
여전히 낮엔 박쥐들을 재우고
밤엔 붉고 검은 땅에 엎드려 알을 낳으리
아내의 삶에 약간의 이끼가 낀 것이
변화의 전부이다 내 앞가슴의
거추장스러운 의문의 단추들이 툭툭 떨어진다

3

나는 밤에 도착한다 지난
여름 장마로 끊긴 다리의 보수공사가 한창이다
눈치 빠른 새앙쥐들은 낯선 침입자를
힐끗거리고 무심한 아내는 자전거만 타고 있다

나를 알아보지 못하는 그녀의 흰 종아리가
자전거 페달을 힘차게 밟을 때마다
스커트자락 밑으로 아름답게 드러나곤 한다 아아
너무 늦게 돌아왔구나 내 경솔함 때문에
빠르게 날이 어두워진다 그동안 아내의
입덧은 얼마나 심하였던가 유실수의
성한 열매들이 하나도 남아 있지 않았구나 내가
최후의 시장에서 인신매매업으로 치부를 할 때
아내는 날개 달린 다람쥐처럼 날아다녔으리라
너도밤나무과의 북가시나무 숲속 위로 열린 하늘엔
죽은 이의 장례가 나가고 바람을 방목하는
언덕의 숲속에서 누가 지느러미도 달리지 않은
사람의 아들을 낳는다 그림처럼 누운 아내의 입술에
내 입술이 닿기도 전 아내는 힘없이 부서져내린다
그리움은 그렇게 컸구나
머릿속의 우글거리는 딱정벌레들을 한 마리씩 풀어
주어
내 머릿속은 빈 병실 같다 피안교를 건너서

내일이 오는 것은 어쩔 수 없더라도
다시 최후의 시장으로 돌아가지 않으리라

나의 예루살렘으로 가기 위하여

1

내 형제들을 모조리 베어버리고
저 혼자 살아 있다는 상업도시의 얼굴도 모르는 양부
그에 대한 소문을 들은 것은 저녁이었지.
오늘은 저문 뒤 흐르는 물 앞에서
어리석은 후회를 하고, 나는
지치고 지쳐 곧 쓰러질 지경이었지만
어머니에게 예루살렘으로 가는 길을 물으려고 하네.
황혼의 박쥐가 하늘을 덮기 전에
물이 없으면 어리석은 기대는 일찍 단념하고
맹목의 잠이라도 청해야지. 밤의 푸른 음영이
빈집에 켜진 촛불 한 자루 더욱 아늑히 껴안고
성의 낮은 지붕들 더욱 낮게낮게 가라앉히면.
가랑잎처럼 구르는 열 명의 내 아우들
오늘은 찬밥덩어리로나마 끼니를 거르지 않고
　더 어둡기 전에 건초더미 같은 곳에 잠자리를 마련했
을까.
　아아, 나는 너무 오래 성 밖에 있었고

이제는 아주 지쳐버리고 말았네.

2

어제의 물은 함부로 몸을 버려 오늘의 물속에 휘어
져 숨고
저녁답 어두운 빛을 토해내는 오늘의 물은
어린 숭어새끼 몇 마리 품어안고 흐르며
어둡게 오늘의 물빛으로 빛나네.
나는 알지. 우리를 한번 배반한 어머니
지금도 저녁이면 시름의 문설주에 흰 이마 기대고
그리운 눈빛으로 우리 형제들 기다리고 있음을.
그러나 모두 부질없는 일이어라.
벌써 며칠을 아우성치는 바람 속을 뚫고
예루살렘으로 가기 위하여 흐르는 물과 함께 걷고 또
걷지만.
오늘은 저녁의 기우는 빛 속에 서서
낡은 구두의 뒤축에 달라붙은 마른 진흙덩이를 털면서
흐르는 물 앞에서의 어리석은 맹세를

후회하고 후회하고 후회하리.

아직도 성의 바깥만을
부질없이 띠돌며

자화상

번잡한 서울 거리를 끈에 묶여 끌려가던 검은 염소가
문득 뒤돌아서서 공룡 형상의 한 낯선 도시를 무심히
바라보듯……
슬픔이 칼이 되어 가슴을 버히듯……

낮은 사랑을 위하여

1

나는
밥이다 누군가에게 먹히기 위하여
있는 니는 밥이다 나는
밥인가 누군가에게 먹히기 위하여
있는 나는 밥인가 작은 놈은 큰 놈에게
먹히고 작은 나라는 큰 나라에게 먹히듯
있는 나는 가여운 폴란드인가 가끔
파리도 내려앉아 빨고 먼지도
사뿐히 내려앉는 밥인가 나는
배고픔을 위하여 있는 나라인가 밥을
위하여 나는 사는가 살기
위하여 나는 밥을 먹는가 먹는 것은
나인가 입이
먹는가 입은
누구인가

2

밥을 위하여 나는
열심히 살았다 그것은
죄일까 후진국 젊은이답게 일찍 타협하고
출세하는 방법의 궁구에 머리를
쓴 것은 밥을 위하여
싫은 술을 마시고 억지로
마신 술 때문에 먹은 밥마저 토하고 괴로워
울고 밥을 위하여 슬픔을 참고
견디면 기쁜 날 오리니 광대처럼 웃고
소란스러움 사랑하리 밥을 위하여
어린 날의 내 식구들은 다 어딜 갔나
어린 나는 어둡도록 밥을 위하여
돌아오지 않는 식구들을 밥을
위하여 외롭게 기다리다가 깜빡
잠이 들기도 했지 밥을 위하여
가난한 집구석 버리고 스물여덟 해를
어둡게 떠돌며 때로는

몸 상하지 않을 만큼 절망도 했지 밥을
위하여 밥을 먹고, 없는 아버지를 증오하고
밥을 위하여, 똥을 싸고
밥을 위하여, 오줌을 누며

3
밥 때문에 불행이 왔다면 밥 때문에
행복이 오는 것일까 무릎을 꿇고
생각해보면 밥은 불쌍하다
밥 때문에 절망하는 인간은 불쌍하다
오, 밥을 위하여
열두 제자 중 가룟 유다는 예수를 팔았고
밥을 위하여 베드로는 닭이 울기 전까지
세 번씩이나 제 스승을 모른다 부인하였고
밥을 위하여 나는 위선적으로 웃었다
오늘 낮에, 그것도 세 번씩이나

일용할 양식을 위하여

그 낮은 사랑을 위하여

이곳에 살기 위하여

—파울 첼란에게 바침

우리는 술을 마신다 흐린 불빛
아래에서 가면을 쓰고
장갑을 끼고 술을 마신다
어제도 마시고 그서께도 마시고
오늘도 마신다 아마
내일도 마시게 될 것이다
끊임없는 환풍기의 소음을 들으며
한 잔을 마시고 두 잔을 마시고 세 잔을
건너뛰어 네 잔을 마신다
웃으면서 찡그리면서 비웃으면서 기침하면서 이를 갈
면서 우리는
술을 마신다 흘러간 추억 속에서도 마시고
현재의 고통 속에서도 마시고 미래의
희망 속에서도 마시고 목요일에도
금요일에도 토요일에도 우리는 술을 마신다
어두운 벽에 허청대는 우리들의 말없는
그림자를 우울한 시선으로 바라보며
앉아서도 마시고 서서도 마시고 어쩌면

누워서도 마실 것이다 타락하면서 마시고
회개하면서 마시고 누군가에게 쌍욕을 던지며
마시고 지순한 사랑의 말을 나누며
마시고 거래의 조건을 제시하며
마시고 파리 같은 파리채에 납작하게
형태가 짓이겨진 인간 같은
개들도 가장 잔인한 살해의
방법은 연구하지 않는다 공중 무덤에
누운 나의 형제여 나의 누이여
이제 알겠느냐 술 마시는 이유를
취하기 위하여 잊기 위하여
우리는 술을 마신다 1970년에 자살한
어느 외국 시인과 그의 절망에 닿지 못하는
우리의 슬픔을 위하여
슬픔을 독으로 키우기 위하여
살기 위하여
개라도 되기 위하여

쥐 1

아직도 나는 창밖의 일을 모른다
십이월의 어두운 구멍마다 갈색의 쥐들이 기어나오고
창밖에는 흙먼지 바람이 무법자처럼 거리를 휩쓸 때
내 친구들은 쥐들의 얼굴을 하고 돌아왔다
그러나 나는 아직도 창밖의 일을 모른다
오늘은 오래 비스듬히 기우는 저녁의 빛 속에 서서
십이월의 어두운 구멍마다 쏟아져나오는 쥐들을 생
각한다
결국 판자를 갉는 쥐들의 외로움은 내 것일 수 없다
물론 긴 꼬리로 흰 계란을 훔치는 쥐들의 민첩성도
내 것이 아니다 또한 한 번도 목격하지 못한 쥐들의
교미나 생식에 대하여 나는 아무 말도 못한다
언제나 내가 보는 것은 달려가는 쥐의 잔등과
선량하지만 교활하게 움직이는 작고 검은 눈과
그 눈이 보는 이 하찮은 세상뿐이다
그렇게 쉽게 겉으로 드러나는 사실들뿐이다
오늘 아침에도 부엌을 가로질러가는 한 마리 쥐를
보았을 뿐이다 내가 쥐와 관련된

보이지 않는 것과 보이는 것들, 또한 그것들을 둘러싼
여러 얽힘과 설킴의 철학적 사념에 빠져 있는 것은
사실이다 내게 창밖의 일은 묻지 말아라
달팽이처럼 쓸쓸함으로 붐비는 머리를 이고
방안을 기어다니며 쥐들의 일을 생각하지만
여전히 나는 창밖의 일에 대해서는 무지하다
내 머릿속은 뒤죽박죽이다

나의 애인은 아침의 흰 우유를 마신다

이건 무슨 환각일까 환각 같은 현실일까
가을의 날들이 내 앞에 있고 병든
내가 검은 전화 앞에 있을 때
나의 애인은 없을까 없는 것처럼 있는 걸까
아침의 흰 우유를 마시며 젖은 날개를 털며
안개 낀 아침에 달려가는 자전거 바퀴살을 바라보며
희망의 철학과 기다림의 자유를 가르치는
오래된 책을 펴들고 앉던 나의 애인은 없다
이건 무슨 착각일까 누군들 개들의 시절에
사랑할 수 있을까 나는 욕망의 어두운 나날에
간혀보낸다 눈물로 책상 모서리까지 적시며
애인을 기다리며 사람은 병들면 더욱
약해지는 법이다 저 침묵하는 검은 전화
너머 창밖을 보라 흐린 가을날의 풍경 속을
달려가는 자전거의 은빛 바퀴살 지금
나의 애인은 어디로 달려가는 것일까
마른 풀들의 갈피갈피에 피곤하고 지친 하오의
야윈 햇빛이 오래고 긴 잠에 들기 위하여

힘없이 넘어지는데 바람이 불고

가을은 처참하게 내장까지 드러내고 마는데

미처 떨어지지 못한 잎사귀들은 외로움을 서걱거리
는데

나는 한 끼의 식사도 못했다 겨우 일어나

산발한 머리로 창밖 흐린 풍경만 응시했을 뿐

세상에 내가 태어나 한 일은 그것뿐

호주머니에 숨은 먼지들이 잘 안다 개들의 시절

애인을 기다리는 일의 눈물겨움 지금은 어디에

있는지 모르는 나의 애인은 여전히

아침의 흰 우유를 마시고 젖은 날개를 말리고

있을까 나의 울며 견디는 나날의 슬픔을

시린 뼈 시린 살 속에 기다림으로 타는 작은 불의 숨
결을

알고 있을까 지금 없는 나의 애인은

나를 불러내기 위하여 검은 전화 앞으로 가고 있을까

새들은 황혼 속에 집을 짓는다

나는 안다, 내 깃발은 찢기고
더이상 나는 청춘이 아니다.
내 방황 속에
시작보다 끝이 더 많아지기 시작한다.

한번 흘러간 물에
두 번 다시 손을 씻을 수 없다.
내 어찌 살아온 세월을 거슬러올라
여길 다시 찾아올 수 있으랴.

──쉽게 스러지는 가을 석양 탓이다.
──잃어버린 지도 탓이다.

얼비치는 벗은 나무들의 그림자를 안고 흐르는
계곡의 물이여,
여긴 어딘가, 내 새로 발디디는 곳
암암히…… 황혼이 지는 곳.

──서편 하늘에 풀씨처럼 흩어져 불타는 새들,
──어둠에 멱살 잽혀 가는 나.

희망은 카프카의 K처럼

희망은 절망이 깊어 더이상 절망할 필요가 없을 때
온다.
연체료가 붙어서 날아드는 체납이자 독촉장처럼
절망은
물 빠진 뻘밭 위에 드러누워
아무것도 보고 싶지 않아 감은 눈 앞에
환히 떠오르는 현실의 확실성으로
온다.
절망은 어둑한 방에서
무릎 사이에 머리를 묻고
서랍을 열어 잡동사니를 뒤집어 털어내듯이
비운 머릿속으로
다시 잘 알 수 없는 아버지와 두 사람의 냉냉한 침묵과
옛날의 병에 대한 희미한 기억처럼
희미하고 불투명하게 와서
빈 머릿속에 불을 켠다.
실업의 아버지가 지키는 썰렁한 소매가게
빈약한 물건들을

건방지게 무심한 눈길로 내려다보는 백열전구처럼.
핏줄을 열어 피를 쏟고
빈 핏줄에 도는 박하향처럼 환한
현기증으로,
환멸로,
굶은 저녁 밥냄새로,
뭉크 화집의 움직임 없는 여자처럼
카프카의 K처럼
와서, 살고 싶지 않은 마음의 주인을
달래서, 살고 싶게 만드는
절망은,

진눈깨비 1

진눈깨비 치는데
눈썹이 허옇도록 치는데
지난해 죽은 풀과 짐승들을 덮고
지붕들을 덮고
길을 덮고

진눈깨비 치는데
눈썹이 허옇도록 치는데
내 어린 날 저녁들판을
검은 구름처럼 덮던 까마귀, 까마귀떼

어두운 천지 외길을
묵묵히 소가 간다, 그 주인도 말없이 뒤따른다

진눈깨비 치는데
눈썹이 허옇도록 치는데
여자의 악쓰는 소리가 들리는 낯선 마을을 지나
한결 깊어진 세상 저 너머까지

진눈깨비 속을 뚫고
간다

내 마음속 용

―이중섭을 위하여

그대 때문에 세상이 한층 살 만해진다.
갚을 길 없는 그대에 대한 내 마음의 빚
한국 소처럼, 뿔을 치켜세운 분노도 슬퍼
마음의 무거움 잠시 벗고 가벼워지면,

어제는 몹시 외로웠다고,
오늘은 못 견디게 그리웠다고,
너를 사랑한 것은 평생 지울 수 없는 상처라고,
사랑하는 이에게 엽서를 쓰자.

―나는 세상을 속였어.
    예술을 한답시고 공밥만 얻어먹고
    공술만 얻어먹고
    놀았어.

    후일 무엇이 될 것처럼.
    나는 이 세상에 죄송해.

내 마음의 돌연한 가벼움이 믿어지지 않는다.

들잠

1
들똥을 누고
들밥을 먹고

무덤 하나 이루려고
무덤 옆에서 산다.

들똥을 누고, 들쥐와 함께
들밥을 먹고, 들쥐와 함께

무덤 하나 이루려고
무덤 옆에서 산다.

2
나는 졸려, 자꾸 잠이 와.

멀리 가까이 흰 눈이 덮이고
하얗게 하얗게 잠이 와.

애벌레야, 가랑잎 아래 네 집이라도
잠시 빌려줘.

네 눈썹에 눈이 쌓이고
네 눈썹에 잠이 덮이고

추억을 완성하기 위하여

성냥불을 켜면서
오라
나는
어둠이니
불을 품고
토하지 못한 어둠이니
어느 것도 내려치지 못한
벼락과 번개를 품은 힘센 어둠이니
한 삼백 년 쉴 곳을 찾지 못하고
서성이는 죽음이니
성냥불이 꺼지거든
자꾸만 켜면서
오라

길

너무 많은 귀들을 잘라냈으므로
또하나의 귀를 자르지만
알 수 없는 것은 사방의 새소리들이
어두워진 들길에 떨어져 갈 바를 잃는 것,
어머니가 나를 버렸으므로
내 성년은 길에서 이루어질 수밖에 없었지만
즐거운 것은 사방의 새소리들이
바람 속에 푸른 깃털을 구르게 하는 것,
사라져가는 것은 대낮의 빛만이 아니다.
저 숲으로 지는 노란 저녁별들이 끌고 가는 길들을
오래 바라보고 있으면
눈물이 나지,
저녁별이 지면, 아득히
젖내가 나지,

너무 많은 길들을 지웠으므로
또하나의 길을 지운다.

옛 노래

저녁으로 감자를 구워놓고
무쇠 난로 연통가에 젖은 옷 마르기를 기다렸네.
목수인 아버지는 늘 귀가가 늦고
낮은 담벼락 담뱃갑만하게 박힌 창문으로
알전구 불빛 병아리 오줌만큼 흘러나올 때
내 방황의 발걸음 행복했었네.
가난한 아이들 웃음소리 기쁜 개나리꽃으로
다닥다닥 피어나 지줄대기도 했는데
세월이 흘러 문득 강물처럼 젖은 몸으로
오늘 변두리 옛 동네를 지나면
어설픈 철망으로 막아놓은 철거민들의 무너진 살림터
때로는 가는 길이 슬픈 적도 있지만
가슴에 품은 퇴색한 옛 사진 한 장
행복은 추억으로만 남는 거라네.

기우는 빛

왜 사람들은 동네 구멍가게를 외면하는가.

아버지는 늙으셨다, 그것은 완연하다.

저녁 내내
시퍼렇게 언 국광사과 몇 개 팔리고,

빈 들의 몇몇 길들이 눈보라에 지워지리라.
폐허도 폭설에 묻히고,
뒤늦게 고립되는 산간 마을도 있으리라.

……아직 얼음을 건너오는 사람이 있다!

그가 와서 날 부른다면, 그러면
내 마음 떨면서
쓸쓸한 알전구가 수정의 깃을 달고 빛나련만……

어린 가슴으로 세상 속을 걸어서

국수는 암만 먹어도 배가 고파.
걷는 것 너무 힘들어
담벼락 그늘에 등 기댄 채 가늘게 눈 뜨고 보는 세상,
이디 배 안 고픈 세상 없을싸.

님은 날 자꾸 가라, 가라고 하시지만
난 어디로 갈 줄 모르겠네.

계절은 천식환자처럼 거친 기침 거푸 숨가쁘게 토해
놓고
노오란 개나리 꽃망울들 마구 터뜨려놓은 찬비 어둠
속의 봄날
어린 가슴으로 세상 속을 걸어서, 나
떠나네, 세상 속으로

님은 따뜻한 눈길 한번 제대로 주지 않는 계모가 생모
자식 떠나보내듯

그렇게 무심히, 혹은 싸늘히……

어느 젊은 시인의 죽음

죽은 이의 사진 앞에서 타오르는 애매한 한낮의 촛불
어느 농가의 문 앞에 선 한 그루의 나무

죽음에 대하여 아는 것이 없다.
거듭
사는 것에 대하여 무엇을 말할 수 있을까.

혹은 비명처럼 내 삶을 가로질러간 옛날
퍼석해진 사과
붉은 잠

오, 제기랄
먹은 것 죄다 토하고
뒤틀리는 고통으로 단단해지는 위를,

겨우 알 뿐
그 실감으로 확인하는 약간의 삶을 알 뿐

겨울나무

잠시 들렀다 가는 길입니다
외롭고 지친 발걸음 멈추고 바라보는
빈 벌판
빨리 지는 겨울 저녁 해거름
속에
말없이 서 있는
흠 없는
혼 하나

당분간 폐업합니다 이 들끓는 영혼을
잎사귀를 떼어버릴 때
마음도 떼어버리고
문패도 내렸습니다

그림자
하나
길게 끄을고
깡마른 체구로 서 있습니다

사라지는 것들을 위하여

1
농약에 중독된 개구리들이 이리저리 튈 때
유월이 가고 십일월이 온다
십일월 어느 날 저녁 기우는 빛 속
낡은 열세 평 시영아파트 그 음습한 구석들을
먹이를 찾아 어슬렁거리던 쥐가 죽을 때
대낮의 빛은 쓰러지고 어둠이 온다

저무는 서울의 저녁하늘에 떠 있는 구름들 속에서
뱀들이 괴로워 꿈틀거리는 것은
농약의 독이 전신으로 퍼지고 있는 동안
뱀의 뱃속에 있는 개구리들의 슬픔 탓이다
모든 것은 가고 다시 돌아오지 않는 아픔 탓이다

2
소금에 절인 청어새끼처럼 죽지도 살지도 못하는 곤
핍의 나날들
깨진 창 너머로 눈길을 돌리다가 본다

사라지는 빛과 다가오는 어둠 사이에 걸친

　한 나무가 갈색의 잎을 아주 낮은 곳으로 떨굴 때

　끝없는 갈망의 날들을 잠재우고 아, 떠오르는 저 어린 별들

　저 떠오름과 내려앉음의 찰나를 뚫고 흐르는 영원한 빛!

　그 빛 속에서 누가 새롭게 태어나 비릿한 첫울음을 터뜨릴 때

　　낮은 곳으로

　　내려앉는다는 것은 얼마나

　　아름다운가

밤하늘은 아름답다

폐수는 하늘로 간다 하늘은 죽은 물의 무덤이 있는 곳
폐수는 다른 데로는 갈 곳이 없어 하늘무덤으로 간다
하늘의 호수에 사는 물고기들은 등이 잔디밭 빛깔이
지만
눈은 애꾸눈이다 수은을 먹고 물고기의 눈들은 야광
이다
밤하늘을 쳐다볼 때마다 호수에 떠도는 야광눈을 본다
얼마나 많은 물고기들이 푸른빛을 뿜는 애꾸눈으로
떠다니는가
밤하늘은 왜 그렇게 찬란하고 아름다운가

사람들은 모른다, 하늘무덤엔 폐수가 묻히고
사람들은 모른다, 하늘호수엔 애꾸눈 물고기들이 떠
다니고
사람들은 모른다, 밤하늘은 왜 아름다운가를

2부

나는 이상하게 슬퍼지지 않는다

다시 첫사랑의 시절로 돌아갈 수 있다면

어떤 일이 있어도 첫사랑을 잃지 않으리라
지금보다 더 많은 별자리의 이름을 외우리라
성경책을 끝까지 읽어보리라
가보지 않은 길을 골라 그 길의 끝까지 가보리라
시골의 작은 성당으로 이어지는 길과
폐가의 잡초가 한데 엉겨 있는 아무도 가지 않은 길
로 걸어가리라
깨끗한 여름 아침 햇빛 속에 벌거벗고 서 있어 보리라
지금보다 더 자주 미소 짓고
사랑하는 이에겐 더 자주 〈정말 행복해〉라고 말하리라
사랑하는 이의 머리를 감겨주고
두 팔을 벌려 그녀를 더 자주 안으리라
사랑하는 이를 위해 더 자주 부엌에서 음식을 만들어
보리라
다시 첫사랑의 시절로 돌아갈 수 있다면
상처받는 일과 나쁜 소문,
꿈이 깨어지는 것 따위는 두려워하지 않으리라
다시 첫사랑의 시절로 돌아갈 수 있다면

벼랑 끝에 서서 파도가 가장 높이 솟아오를 때
바다에 온몸을 던지리라

딸기

비애로 단단해진 너는
아직 발견되지 않은 것들의
목록 속에 있다
초록 줄기에 알알이 맺혀 있는 너는
별들의 계보에 속해 있다
그러나 붉은 것은 왜 오래가지 않는가
섹스 후 동물은 왜 슬픈가
차마 꽉 깨물어 터뜨리지 못한 채
혀 위에 올려놓고 굴리는
이 정체불명의 비애가 나를 울린다

새해 첫날

새해 첫날
가장 좋은 것은 잠드는 것

하얀 설의(雪衣)를 입고
깊은 정적으로 솟아 있는 산!

그래도 살아 있는 것은 움직여야 한다

먹이를 찾아 헤매는
새 몇 마리

하늘문방구에서 파는 시집

—K에게

1
하늘문방구에서 파는 시집을 펼쳤더니
다음과 같은 시가 나왔다, 여기
첫눈에 반하는 사랑을 믿지 못하는
이들을 위해
그 첫번째 시를 옮겨놓는다

2
단순해지리라
지금보다도 훨씬 더 단순해지리라
그리고 첫눈에 반하는 사랑을
무조건 믿으리라

암초와 허전함과 서늘한 별빛,
술 취한 밤들,
맨숭맨숭 지나가는 일요일 저녁들은
오래도록 나의 목록이고

오만한 무심과 천진난만한 풍요,
빡빡한 일정, 미풍과 부(富),
망설임 없는 결정들,
더 많은 시작을 품어안은 아침들은
그대의 것이니

나는 단순해지리라
더욱 단순해져
첫눈에 맹목의 사랑으로 눈먼
한 마리 열목어가 되리라

감자를 기리는 시

유월이면 우리들은 설레며 땅속에서 둥글게 익어가
는 감자들을
기다렸다 꽃은 상처였다
상처 없는 자 꽃을 피울 수 없고
꽃 피울 수 없는 자 열매 맺을 수 없었다

유월이면 우리들은 설레며 땅속에서 둥글게 익어가
는 감자들을
기다렸다 열매는 죽음이었다
죽음을 두려워하는 자 열매 맺을 수 없고
열매 없는 자는 새로운 꽃 피울 수 없었다

단 한 번뿐인 혼례로 둥글어지고
땅의 부(富)를 단번에 그러모아 더욱 영글어가는 감
자들!
나날이 커가는 우주의 알들!
알알이 부풀어오르는 땅속의 태양들!

유월이면 우리들은 설레며 땅속의 감자들이
둥글게 익기만을 기다렸다

그 집 앞

삼월의 저녁에는 개들을
기다리지 말자
더이상 삼월에는 휘파람을 불며
개들을 기다리지 말자
어머니가 돌아오지 않는다면
빈 시금치밭 언덕에 서서
냉혹한 슬픔을 견디자
내 울연히 살지 못했음을 고백하면
어머니는 늦게 돌아와서
내 어리석음을 몹시 책망하리라
겨울 저녁 여섯시면
세상의 지붕들은 더욱 겸손하게 엎드린다
한적한 숲길에
신의 옷자락도 언뜻언뜻 비치다가 사라진다.

아, 닫힌 문 뒤에서
넌 무엇을 기다리느냐
삼월 저녁 여섯시에

넌 무엇을 기다리느냐

우리에게 더 좋은 날이 올 것이다

너무 멀리 와버리고 말았구나
그대와 나
돌아갈 길 가늠하지 않고
이렇게 멀리까지 와버리고 말았구나

구두는 낡고, 차는 끊겨버렸다
그대 옷자락에 빗방울이 달라붙는데
나는 무책임하게 바라본다, 그대 눈동자만을
그대 눈동자에 떠오른 한줄기 길을
그대 눈동자에 떠오른 별의 궤도를

너무 멀리 와버렸다 한들
이제 와서 어쩌랴

우리 인생은 너무 무겁지 않았던가
그 무거움 때문에
우리는 얼마나 고단하게 날개를 퍼덕였던가

더이상 묻지 말자
우리 앞에 어떤 운명이 놓여 있는가를
묻지 말고 가자
멀리 왔다면
더 멀리 한없이 가버리자

양말

녹색 잎을 가득 매단 나무 아래
두 사람이 서 있다
나무 뒤로 집이 한 채
집 뒤로는 새 한 마리 죽지 않는 검푸른 하늘
다시 나무 아래
퀭한 눈의 창백한 남자와 볼이 빨간 여자
그들은 마주보고 있다

네 늑골 밑에서 나는 새들
네 관자놀이에서 동면에 드는 곰들
네 머리칼에서 토굴을 파는 늑대들
네 허리께에 부화되지 못한 알들

넌 내게 양말을 내미는데, 이것은 하염없는 생이
주는 선물이다
야생 염소를 위해 털실로 짠 숙박업소
자폐증 소년에게 건네는
경이롭게 가벼운 새의 몸통

희망이 없다면 절망이다!
절망도 없다면 양말이다!

늑대

눈이 그친다 파랗게 달이 뜬다
바람이 대지의 갈기를 하얗게 세운다
폐활량이 큰 검푸른 하늘이
지상의 소리들을 한껏 빨아들인다
그래서 조용했나? 너희들이 잠자는 동안
죽음은 희디흰 뿌리를 내리며
소리없이 자란다
하얀 대지의 속살에 드리운 나뭇가지의 검은 그림자들이
흔들렸다 저기 움직이는 것이 있다!
저기 살아 있는 것이 있다!
죽음이 번식하는 밤에
무언가 나뭇가지의 검은 그림자들 사이를
지나갔다 죽음보다 빠르게!
죽음의 손아귀를 빠져나가는 저 잽싸고 날렵한 몸짓!
몸통에 바람의 날개라도 달았던 것일까?
너무 빨랐다 눈밭에 점점이
발자국이 남는다

발자국은 움직이지 않는다
파아란 달빛이 그곳에 고인다

가방

오류였다고 말하지 마
예기치 않은 실수였다고
아아 하늘에 떠 있는 말의 흉골
상심한 비둘기들
금강초롱꽃 들고 서 있는 나의 신부
다시는 변명하지 마
속수무책이었어 불가항력이었어라고
비겁한 것은 맨정신
스산한 바람이 몰고 온 정신의 공황
황혼이다 누군가 처음으로 제 목숨을 버린다
여전히 말의 흉골은
산 능선 위의 하늘에 떠 있어
비둘기는 날지 않았어
금강초롱꽃만 하늘 한켠에 시든 채 버려져 있었어
하늘에 번져가는 피
붉고 검은 피
바람이 불고 어둠이 오는데
죽은 비둘기 깃털로 가득찬 낡은 여행용 가방은

구멍이 나 있었어

그 구멍으로

물병자리의 인생이 하염없이 새나가고 있었어

검은 커피와 흰 우유

검은 커피를 마신다 검은 커피를 마시는 것은 나의 고
색창연한 취미 검은 커피를 마시고 또 검은 커피를 마신
다 거실 바닥에 떨어져 내린 아침햇빛이 슬프다 아아 다
시 잠옷을 벗고 천천히 검은 커피를 마신다 아침에도 저
녁에도 검은 커피를 마신다 검은 커피가 이유 없는 우
울의 치료제가 아니라는 것쯤은 안다 애인과 함께 있을
때에도 마신다 어머니와 둘이 있을 때에도 마신다 거실
바닥을 닦고 있는 늙은 어머니 얼굴에 핀 저승꽃을 보
며 화를 낸다 화를 낸 것은 어머니가 혼자 사는 것에 대
해 왈가왈부 쓸데없이 간섭했기 때문은 아니다 어머니
가 너무 빨리 늙고 있었기 때문이다 나는 혼자가 되지 말
았어야 했다 어금니 사이에 쓰디쓴 후회가 고인다 나는
서둘러 검은 커피를 후루룩 마셔버린다 어제도 마셨는
데 오늘 또 검은 커피를 마신다 스무 살 때에도 검은 커
피를 마셨고 더이상 청년이 아닌 지금도 검은 커피를 마
신다 스무 살이 되었을 때 어머니는 말씀하셨지 너도 이
제 직업을 가져야 되지 않겠니? 그땐 어머니도 지금보
다 훨씬 젊었었지 네 인생을 책임져야 하는 나이란다 그

때 나는 왜 불같이 화를 냈을까 어른이 되었으니 내 인생쯤은 책임져야 마땅한데 그때 나는 왜 화를 냈을까 그때 화를 내고 혼자 쓰디쓴 검은 커피를 마셨다 검은 커피를 마시는 동안 나는 인생의 반을 속절없이 흘려버리고 말았다 검은 커피를 마시는 동안 아침햇빛이 거실 바닥에 흰 그림자를 길게 드리운다 나는 냉장고 문을 열고 우유를 꺼낸다

검은 커피 대신에 나는 흰 우유를 마신다

사목해수욕장 민박집에서의 일박

붉은 샐비어꽃이 지면 헤어져야 한다
두 사람 사이의 침묵은
사월의 밤 고속도로보다 차갑고 무뚝뚝하다
시간은 껍질 벗긴 사과처럼 변색되고
마침내 부패의 향내를 내뿜으며 쓰러지리라
일요일 저녁 극장에 가는 즐거움도 없겠지
붉은 샐비어꽃이 질 때마다
추억의 잎사귀들이 돋아나겠지

민박집 마루를 공연히 미지근하게 덥히고 슬그머니
사라지는
짧은 가을볕

나 그대를 사랑했던가
이젠 빈 수숫대를 붙잡고 우는 긴 밤의 바람소리에
귀가 먹먹해질 일뿐이다

사랑은 짧고 견뎌야 할 밤은

이다지도 많은가
철 지난 해수욕장 민박집에서의
마지막 하룻밤

고인

발목이 시리도록 들판을 걷는다
저녁까지 혼절한 듯 잠에 빠져 있다
한 여자의 구릉을 싫증날 때까지 경작한다
온갖 도박에 미쳐 날이 새고 지는 것도 모른다

살아 있다는 것은 그런 것이다
살아 있다는 것은
미친 피의 놀음이 되어야 한다

오늘은 벌써 어제가 되고
가을단풍이 지기도 전에 눈보라는
저 서러운 붉음을 지우며 자욱하다

아아 살아 있다는 것은
왜 기쁘고 슬픈 일이 되어야만 하는가

고인은 자신의 배역을 마치고 무대 뒤로 사라진 배
우다

헌 옷 몇 벌과 읽던 책 누추한 이름을 남긴
고인은 남은 가족을 결속시키는 슬픔이다

새벽에 홀로 깨어나
마른 빵을 씹고
벽에 헛되이 머리를 찧는 것은
내가 오랫동안 텅 빈 무대 위에 혼자 서서
무대가 없다고 툴툴대기만 했기 때문이다

나는 서툴렀을 뿐만 아니라
무지했기 때문이다

숲에서

1
솔기가 터진 옷 틈으로 비치는 맨살
너는 옷깃에 묻은 실밥 하나를 말없이 떼어낸다
실로 아차 하는 사이에 정품의 인생을 놓쳐버린 나는
작은 생의 기미에도
마음이 쓰라리다

오래전에 저물어버린 등 시린 이 생을
용서하기로 한다

저 활엽수의 잎들이 서둘러 노랗게 물든 것은
누구에게나 용서가 힘들기 때문이다

2
아내와 헤어지고 난 뒤 떠돌던 아이들이
두터운 상수리나무 껍질 속으로 성큼성큼 들어간다

그 속에 나무의 방이 있다고 한다

오래된 미래인 아이들이

그 방에서 햇빛을 공처럼 뭉쳐 논다고 한다

해변의 의자

　해변에 낡은 의자 하나 버려져 있다 저 선사시대부터 해변에 내려왔던 아주 늙고 메마른 햇빛이 의자에 마치 봉제공장의 늙은 공원처럼 앉아 쉰다 척추는 휘고 천식은 깊다 밤이 저벅저벅 걸어온다 햇빛이 수척해진 몸을 이끌고 어디론가 사라지면 빈 의자는 별빛의 차지다

　해변에 낡은 의자 하나

태안 저녁바다

태안 저녁바다는 부엽토를 평평하게 깔아놓은 운동
장 같다
아주 오래된 물들이
거기 상가에 온 문상객처럼 침울하게 모여 있다
어젯밤에 그가 죽었다
이만 육천이나 이만 칠천 번쯤의 저녁을 지나쳐왔을
그는 살아 있을 때부터 과거였는데,
이제 그가 키울 과거는 더욱 살찔 것이다
생경한 고통의 종주먹을 내밀어 관자놀이를 툭, 툭 치
지만
나는 이상하게 슬퍼지지 않는다
과거가 된 시간은 결코 돌아갈 수 없다
소름이 오스스 돋는다

당신에게

잎을 가득 피워낸 종려나무, 바다에 내리는 비, 그리고 당신. 그것들은 내가 사랑하는 것들의 이름입니다. 하지만 몇 날 며칠의 괴로운 숙고 끝에 나는 당신의 사랑을 거절하기로 마음을 굳힙니다. 부디 내 거절의 말에 상처받지 않기를 빕니다. 나는 이미 낡은 시대의 사람입니다. 그러니 당신이 몰고 오는 야생 수목이 뿜어내는 신선한 산소를 머금은 공기에 놀라 내 폐가 형편없이 쪼그라들지도 모르죠. 나를 가만 놔두세요. 더 정직하게 말하죠. 너무나 오랫동안 혼자 잠들고, 혼자 잠 깨고, 혼자 술 마시는 저 일 인분의 고독에 내 피가 길들여졌다는 것이죠. 나는 오로지 어둠 속에서 일 인분의 비밀과 일 인분의 침묵으로 내 사유를 살찌워왔어요. 내게 고갈과 메마름은 이미 생의 충분조건이죠. 나는 사막 모래에 묻혀 일체의 수분을 빼앗긴 채 말라가는 죽은 전갈이죠. 내 물병자리 생은 이제 일 인분의 고독과 일 인분의 평화, 일 인분의 자유를 나의 자연으로 받아들입니다. 당신은 지금까지 그랬듯이 거기 당신의 자리에 서 있으면 됩니다. 어느 해 여름 우리는 바닷가에서 밤하늘에 쏟아지던 유성우를 함께 바라봤지요. 그때 당신과 나의 거리, 너무 멀지도 않고 너무 가깝지도 않은 그 거리를 유지한 채 남은 생을 살아가고 싶습니다.

대추나무

가끔 뒤란에 대추나무가 있던 옛집을 생각한다
그 시절 나는 칸나꽃보다 더 작았다
대추나무는 장기수처럼 영양실조에 걸린 듯 보였다
연초록 잎은 이내 노랗게 변하고 얼매는 볼품없었다
어느 해 이른봄 어머니가 다섯째 아이를 해산한 뒤
외할머니는 태반을 대추나무 아래에 묻었다
이듬해에는 붉게 잘 익은 대추들이 가지가 휠 듯 주렁
주렁 열렸다

간장 달이는 냄새가 진동하는 저녁

항아리 물에 얇은 살얼음이 끼는 입동
집밖에 내놓은 벤자민 화분 두 개가
저녁에 나가보니 행방이 묘연하다
누군가 병색 짙은 벤자민을 쏟아놓고 화분만 쏙 빼
가져간 것,
간장 달이는 냄새가 진동하는 저녁이다
아직도 간장을 달여먹다니!
그렇게 제 생을 달이고 있는 자도
한둘쯤은 있을 터

검은 고양이가 아직 불 켜지 않은 거실을 가로질러
가는
다수의 저녁이
침울하게 지나간다

불두화

이 저녁 잎새들이 서걱거리는 것은
인생의 많은 망설임 때문이다

흰 발목의 빗방울들이 종종걸음으로
마당을 다녀간다

비 그치고 황금빛이 열린다
저문 마당귀에 선 나무에 매달린 불꽃의 입술들을 열어
사랑한다고 낮게낮게 속삭이는
저 불두화

3부

우리 앞의 오늘도 벌써 옛날이지요

미리내성지에서

―C에게

가을입니까
네, 가을이죠
천지사방에 둥근 것이란 모두 무르익을 대로 무르익어
향기가 하늘에라도 닿겠이요
이건 고요의 향기겠죠

왜 아무 일도 일어나지 않는 걸까요
그건 아마
당신의 눈빛이 맑기 때문이겠죠

당신에게도 이미
무수한 옛날이 지나갔군요
옛날, 그래요
우리 앞의 오늘도 벌써 옛날이지요

어떤 이들은 사체를 떠메고
밤을 도와 오지까지 걸었겠군요
아무 일도 일어나지 않았다면

애당초 오지가 성지 되는 일은 없었겠죠

사람들은 길흉에 울고 웃지만
한 목숨 안에 생과 사가 동거하죠
사람은 걸어다니는 전쟁이죠

밤에는 무서리가 지는데
어느 하늘에선가 운석이 떨어지겠군요
전쟁은 일어나지 않겠지요

가을입니까
네, 무르익은 가을이죠

돌아가야죠, 이제
산 그림자가 길어졌으니
드넓은 이 성지가 돌아가라고
우리 등을 떠미는군요

옻샘 약수터

누옥 뒤편으로 난
경사진 밤나무 숲속 길을 오르면
옻나무 군락지가 갑자기 모습을 드러낸다
왼쪽 어깨 쪽을 물 빠진 저수지에 고스란히 내어주는
옻나무 군락지의 샘물을
동네 사람들은 약수라고 한다

오래 입은 옷을 양잿물에 삶아 빨아
볕 좋은 곳에 널어놓은 뒤
그늘 아래 한참을 앉아 있다

그늘이란 누군가 내게 내어주는
제 속마음인 걸 나는 안다
저 샘물도 누군가 입 틀어막고 참아내다가
터져나오는 울음이 아닌가

작은 그늘 따위에
마음이 쉽게 눅눅해질 수는 없으니

내 속에 검정 우산을 쓰고 걸어가는
또다른 누군가 있다는 증거다

새날은 저문 뒤에 오고
나무도 저물어야 새잎을 피운다
당신과 오래 떨어져 있었으나
서로가 마주보며 마음을 환하게 밝히는 기쁨인 것을
옻샘 약수를 향해 오르며
새삼 깨닫는다

딱 한 번만 그립다고 말하고 싶었다
덧문을 걸어잠그면
검정 우산을 쓰고 걸어가던 사람이 우산을 접고
어 추워, 하며 내 몸으로 불쑥 들어와
함께 저물 것이다

옻샘 약수 몇 방울에 내 몸은 진정된다
몸이 저물어서 어두워질 때

비로소 마음은 지금 여기 없는 것들로

환해지던 것이다   .

초산

산통이 오는지 어미 개가 운다.
호소하는 듯 긴 울음이
딱딱한 내 몸통 속으로 밀려들어온다.

초산이다, 개는 울음도 그친 채
고요히 새끼 두 마리를 낳고
엎드려 있다.
산 것이 새끼를 낳는 동안
소년 가장 같은 땅강아지는 재개재개 기어가고
귀 없는 풀들은 비스듬히 기운다.

몸통 속에서 내 것이 되었던 울음이
다시 몸통 바깥으로 밀려나가고
나는 미역국을 끓이러
부엌으로 간다.

등뒤 칸나꽃이 투명한 공기 속에서
유난히도 붉은 저녁이다.

빗발, 빗발

빗발, 빗발들이 걸어온다
자욱하게 공중을 점령하고
도무지 부르튼 발이 아픈 줄도 모르고
얼마나 먼 네서
예까지 걸어오는 걸까

천 길 허공에 제 키를 재어가며
성대 제거 수술 받은 개들처럼 일제히 운다

자폐증인 누이의 꿈길을 걸어서
비가 걸어온다

봐라, 발도 없는 게 발뒤꿈치를 들고
벼랑 아래로 사뿐히 뛰어내려
과수원 인부의 남루를 적시고
마당 한 귀퉁이의 모과나무를 적신다

묵은 김치전을 부치고 있는

물병자리 남자의 응고된 마음마저 무장해제시키며
마침내는 울리고 간다

저 공중으로 몰려가는 빗발,
저 쬐끄만 빗발들

사월

금치산자 같은 사월이 왔다 간다
사는 게 왜 이렇게 시시하지?
하는 얼굴을 하고

방부처리되지 않은 추억들이
질척거리는 침출수를
삶의 빈틈으로 조금씩 흘려보낸다

개척자는 아니지만 무능이
뼈에 사무치는 것은
일품요리 같은 생을 꿈꾸는 여자와의 연애가
곧 끝나고 말리라는 예감 때문이다

무능과 게으름은
내 삶에 붙은 이면 옵션이다

나쁜 패를 잡고 전전긍긍하는 노름꾼에게도
사월이 오고 내게도

사지를 절단한 편지가 도착하고
나른하고 끔찍한 날들이 이어진다

머리 없는 남자가 빚쟁이처럼 당당하게
낚시터로 가는 길을 묻는다

무당벌레

늦가을 들판 웅덩이들에 물이 마르고
서리 맞은 꽃 질 때
무시로 출몰하는 무당벌레들.

목욕물 위에 뜨고
펼친 책 위로 기어가고
밥때 기다리며 사는 자의
새벽꿈을 갉는다.

스산한 날들이 다가온다.
배의 용골 아래 그림자 바스러질 때
소매깃 낡은 남방셔츠를 입고
많은 길들을 헤매다녔다.

매여사는 동안 떠먹은 수천의 황혼들,
명왕성 같은 여름날의 긴 끝들,
밟혀 으스러진 것들이 지나간다.

몸속으로 낙하하는
수만의 마른 잎 같은 저녁들.
지평선을 끌어당겨 잠들기 전에
참말로 한 사람만을
나는 사랑하게 되길 바랐던 것이다.

명자나무

불행을 질투할 권리를 네게 준 적 없으니
불행의 터럭 하나 건드리지 마라!

불행 앞에서 비굴하지 말 것. 허리를 곧추세울 것. 헤
프게 울지 말 것. 울음으로 타인의 연민을 구하지 말 것.
꼭 울어야만 한다면 흩날리는 진눈깨비 앞에서 울 것. 외
양간이나 마른 우물로 휘몰려가는 진눈깨비를 바라보며
울 것. 비겁하게 피하지 말 것. 저녁마다 술집을 순례하
지 말 것. 서양 모자를 쓰지 말 것. 콧수염을 기르지 말
것. 딱딱한 씨앗이나 마른 과일을 천천히 씹을 것. 다만
쐐기풀을 견디듯 외로움을 혼자 견딜 것.

쓸쓸히 걷는 습관을 가진 자들은 안다.
불행은 장엄 열반이다.
너도 우니? 울어라, 울음이
견딤의 한 형식인 것을,
달의 뒤편에서 명자나무가 자란다는 것을
잊지 마라.

그믐밤

커피 물을 올리고 가스레인지 불을 켠다
새벽 세시다
가스레인지의 스위치를 비트는 하얀 손이
낮엔 복숭아나무 죽은 가지 두어 개를 툭툭 분질렀다
아주 가까운 둔덕에서 소쩍새가 운다
그믐밤인가보다
내가 청혼했던 여자의 잠도 깊겠다
내겐 벌써
저기 아득히 흘러가버린 과거가 있다
당신도 알다시피 매우 숭고한
쓰라린 과거다

고양이

어느 날 너는 내게로 왔어.
두 팔을 뻗어 안으려 하자
너는 낱낱의 원소가 되어 사라졌어.
넌 공중에 빗방울을 파종하는 구름이었어.
낮잠 끝에 흩어지는 모래알이었어.
안 돼, 그렇게 가버리는 건 싫어.

안 돼, 네가 없다면
난 미쳐버릴 거야.

네 살점을 조금만 떼어주면 돼.
네 피를 한 모금만 마시게 해주면 돼.
아아, 그러면 살 수 있을 텐데,
널 사랑할 수 있을 텐데,

검은 삼나무 장벽 1

삼나무 대오 위로 푸른 궁륭에
얇은 달은 빛난다.
늘푸른바늘잎나무들 가지 사이로 달은 조각나고
나무로 된 장벽에
바람이 몸 쳐대며 빠져나간다.

바람은 경계의 이편에서
경계의 저편으로 빠져나가는 것인데,
나는 검은 장벽의 이편에서
저편으로 건너가지 못한다.
몸이 건너가지 못하니,
절벽이 따로 없다.

검은 염소가 낮은 뿔로
절벽을
들이받고 있다.

파밭

파밭에는 파들이 무성하고
이 세상엔
돌아오는 기일들이
참 많다.

어떤 기일은 자꾸 잊는다.

여울목에 몰린 되새떼
눈 뜬 가랑잎들
공중에서 방향을 바꾸며 휘몰아쳐간다.

시린 며칠,
공중을 밀며 가는 것들은
다 머물 데 없다.

가협시편 1

땅거미 내리니 컹컹대며 보채는 개들에게
먼저 사료 주고 들어와
푸른 형광등 아래서
서운산에서 뜯은 취나물과 막된장 놓고
저녁밥을 먹는다.

오월이다, 밤마다
풋감들이 후두두 떨어지고
들고양이는 붉디붉은 호랑이 울음소리를
흉내내며 운다.

저 홀로
시름 깊은 사람 있겠다.

가협시편 2

사는 동안 슬픈 일만 많았다.
무서리 내리고
된서리 내렸다.
고사리 새순 나오려면 아직 멀었다.

살모사 놀다가는 날도 있고,
물안개 자욱하고
나무들에 새잎 돋는 날도 있다고,

초승달 떴다.

가협시편 3

물 아래에서
얼마나 물갈퀴를 열심히 휘젓는지
가창오리가 지나간 자리에
포말이 하얗게 일어난다.

앞으로, 앞으로
나아가는 것,

장엄하다.

고모도 저랬을 것이다.

가협시편 4

지금도 해질녘이면
어디론가 숨고 싶어져.

시골 다방 같은 데,
지평선이 보이는 딸기밭 같은 데,

그런 덴 없겠지.
이젠 없겠지.

봄

올해도 사그막 도라지밭엔
도라지가 쑥, 쑥 올라왔다

뱀 구멍에선 초록뱀이 나오고

눈썹은 성글게 빠져 달아났다

뜯기는 것 많은 관급공사같이

사랑은 쉽지 않았다

물오리 일가

물오리 일가가 나들이 간다.
어미를 앞세우고 새끼들은 일렬종대,
저게 사는 모습이다.
솔숲 그늘에서 김밥을 까먹으며
내가 물오리의 근골격계나 비탄에 대해
아는 바 없다는 사실이 새삼스럽다.
씨앗을 뿌리거나 열매를 거둔 적도
제빵기술을 배워
포실하게 살림을 일군 적도 없다.
노동으로 등이 휜 적이 없다.
나는 문장노동자다, 라고 뻥을 쳤으나
두루마리 휴지 기백 기천 개나 쓰고
떠날 자들에 속할 따름이다.
구두 밑창 몇 개도 닳아없앨 예정이다.
모기는 남의 피를 빨며 연명하고
땡삐는 적을 향해 일침을 놓는다.
숨탄것이라고 물오리와 모기와 땡삐가
한 부류라고 말할 수는 없다.

물오리에겐 물오리로서 뒷갈망해야 할 과업이,
어리석은 자에겐 고집과 비장이 있다.
물오리 일가라고 왜 작달비 된비 맞는
꽛꽛한 세월이 없었겠는가.
청명한 날 나들이 나선 물오리 일가,
한 번도 수뢰 사건에 연루된 적이 없는
저들의 일렬종대가 온화하다.
재속(在俗) 프란체스코 형제들이
나들이 가기에 맞춤한 날이다.

브라보 브라보, 마이 라이프!

앵두나무는 의료보험증도 없는데
건강이 여전하시다, 올봄도
앵두나무는 원기왕성하게 꽃을 피웠다.
뜰에는 구름이 놀다가고
바람도 잠깐씩 얼굴을 내민다.
꽃 진 자리마다 빨간 열매가 다닥다닥 붙었다.
칠순 노모는 늦게 노랫바람 나서
복숭아마냥 부푼 무릎을 끌며
날마다 성북구청 노래교실에 나가고
늙은 앵두나무는 늘 심심하다.

둘 다 꾸준하시다.

대추 한 알

저게 저절로 붉어질 리는 없다.
저 안에 태풍 몇 개
저 안에 천둥 몇 개
저 안에 벼락 몇 개

저게 저 혼자 둥글어질 리는 없다.
저 안에 무서리 내리는 몇 밤
저 안에 땡볕 두어 달
저 안에 초승달 몇 낱

축구

어린 시절 공을 차며 내가
중력의 세계에 속해 있다는 걸 알았다.
내가 알아야 할 도덕과 의무가
정강이뼈와 대퇴골에 속해 있다는 것을,
변동과 불연속을 지배하려는
발의 역사가 그렇게 길다는 것을,
그때 처음으로 알았다.

초록 잔디 위로 둥근 달이 내려온다.
달의 항로를 좇는 추적자들은
고양이처럼 예민한 신경으로 그 우연의 궤적을
좇는다. 숨어서 노려본다.
항상 중요한 순간을 쥔 것은
우연의 신이다. 기회들은
예기치 않은 방향에서 왔다가 잡기도 전에
이내 다른 곳으로 가버린다.
굼뜬 동작으로 허둥대다가는
헛발질한다. 수태가 없는 상상임신.

내 발은 공중으로 뜨고
공은 떼구르르르 굴러간다.

마침내 종료 휘슬이 길게 울린다.
우연을 필연으로 만드는 연금술사들은
스물두 개의 그림자를
잔디밭 위에 남긴 채 걸어나온다.
오, 누가 승리를 말하는가,
이것은 살육과 잔혹 행위가 없는 전쟁,
땀방울과 질주, 우연들의 날뜀,
궁극의 평화 이외에는 아무것도 아니다.

사이

강 중심을 향해 돌을 던진다.
장마가 끝나고
단풍 된서리 눈보라가 차례로 지나갔다.
다시 백로와 상강 사이
그 돌은
하강중이다.

방금 자리 뜬 새와 흔들리는 나뭇가지
사이
생과 몰
사이

밥과 술에 기대 사는 자가
담벽에 오줌을 눈다.
작약과 비비추, 호미자루와 죽은 쥐,
구접스러운 것들 다 황홀하다.
구융젖 빨고 구릿한 길 돌아
예까지 왔으니,

더러는 이문이 남지 않았던가.

돌은
제 운명의 높은 자리와 낮은 자리
사이
그 고요의 깊이를 측량하며
하강중이다.

차거

서울에 인접한 의왕시에 잠시 살 때
아파트 단지 아래로 지나가는
일번 국도,
화물트럭들의 질주가 사나웠는데
그게 내 운명의 사나움 같아 시름이 잦았다.
고요를 대들보 삼아 지을 집 한 채는
참 멀리 있었다.

한 선비는 당호를 차거라 했다.
'이 집'이란 뜻이다
성북동 연립주택 전세금 빼서
여섯 해 전 오리나무 물가에 집 지었다.
엎드려 사는 자의 집이라고
수졸재라는 당호를 붙였다.

오리나무 한 그루로 살리라.
맘먹었다, 왜 새가 아니고
하필 오리나무냐고 묻지 마라.

왜 날지 않고
붙박여 사는가, 물어도 할말이 없다.

오리나무여, 불우가 더 얕다고는
아직 말 못한다.
오리나무여, 고요가 더 깊다고는
아직 말 못한다.

길례 언니

―천경자 화백께

목덜미가 허전할 땐
목도리를 하자.
난간까지 내려온 달을
바지 뒷주머니에 찔러넣고
칠흑 어둠 속으로 내려간다.
메별의 목덜미는 오래된 지도다.
내 사랑을 찾는 데 꼭 필요한 지도다.
당신 목덜미에 노란 별들이 반짝인다.
사랑한 건 당신 목덜미뿐이었다고
불쑥 고백해버리면 당신의
눈시울이 붉어질까.
희고 탐스런 구름으로
당신의 목덜미를 빗는다.
팔월이 끝나면
새집의 대들보를 얹고 상량식을 준비한다.
팔월이 가면 구월과
순도 백 퍼센트의 이별이 온다.
눈빛이 깊어진 당신은

목이 시리다고 한다.
강물은 상류의 가랑잎을 싣고 내려오고
나는 더 자주 강가에 나간다.
강물에 비치는 당신의 목덜미,
거기 낯선 입술이 찍은 지문을 눈여겨본다.
사랑이 가고 나면 시린 목에는
목도리를 두르자.
목도리를 두르고 보일러가 고장난 방에서
겨울을 나자.
미닫이문을 닫아건 뒤
긴 회랑을 걸어오는 사람을 기다리자.
바보라도 혼자 있는 사람은
조금씩 현명해지는 법이다.

입동

가랑잎 흩어지고,
그 위에 천일염을 엎네.

첫서리 뒤
장롱에서 동내의 꺼낼 때

겨우내 맨발로 지내는
서리 들판 가로지르는 들쥐네
새끼들 맨발이 시리겠네.

백석

물이 좁은 어깨를 웅크린다.
북가시나무 아래에는
북가시나무의 얼지 않은 영혼이 뒹군다.
달은 만삭이고
감나무는 복화술을 한다.
감나무가 제 가지의 감을 떨어뜨리는 것은
만유인력을 잊지 않기 위함이다.
당신과 나 사이에 무슨 일이 있었는가?
기다림이 눈보라 되어
천지를 하얗게 덮으며 올 때
눈구덩에 빠지는 짐승들 생기겠다.
내 마음 눈길에 막혀 오도 가도 못하고
묶인 발길도 있겠다.

4부

사자 새끼가 사자 소리를 내는 것

1

시는 표면이 곧 심연인 세계다.

2

나는 쓴다. 쓴다는 것은 제가 지핀 불에 스스로 제 몸을 지지는 일이다. 쓴다는 것은 존재함에 내장된 타성(惰性)과 피동성(被動性)에 대한 참을 수 없는 도발이다. 누가 시킨 것도 아니다. 쓰기의 자발적 구속, 혹은 하염없는 투신! 쓴다는 행위는 결국 문체에의 욕망에 지나지 않는다. 쓴다는 것, 그것은 불가피한 피의 요청이다. 어처구니없는 우연이 필연으로 진화하는 과정이다.

3

시는 욕망이 아니라 욕망에 대한 욕망이며, 꿈이 아니라 꿈에 대한 꿈이다. 시는 겹의 욕망, 겹의 꿈으로 이루어진다. 그것을 결핍에 대한 보상이라고 이해했다. 그래서 없는 줄 뻔히 알면서도, 현실에 대한 환멸이 징하게 깊어져 마침내는 내부에 궤양이 생기고 천공(穿孔)이 생기는 사태까지 악화된 뒤 그 치유의 방책으로 그 유토피아 —한국어로는 이어도다—를 찾아 헤매다녔다. 글쓰기, 그 기약 없는 것에 홀려 그토록 찾아 헤매다녔다니, 살 떨린다!

4

시는 무심히 비친 풍경이며, 그 풍경 밑으로 흘러가 스미며 섞이는 마음 한 자락, 풍경에 묻어 풍경과 함께 오는 그 무엇이다. 시는 현실/세계의 구조화가 아니라 현실/세계를 횡단하는 선험(先驗)이다. 바로 그렇기 때문에 시는 도구적 이성의 전략이 아니라 감각의 깊이를 현현하는 몸-됨이다. 시는 세계가 걸친 낡은 겉옷의 구멍으로 언뜻언뜻 내비치는 존재의 속살 엿보기이다.

5

시에의 숭고한 사랑 때문이 아니라 치명적 중독으로 시인들은 반생을 소모한다.

6

과연 결핍을 보상받으려는, 내면에 움푹 팬 욕망 때문일까? 불로 뛰어드는 부나방처럼 의미를 향한 어리석은 투신일까? 나를 시라는 벼랑으로 떠민 것은 우연이다. 우연은 땅에 박힌 사금파리처럼 어디서나 번쩍인다.

7

한번 변심해서 떠난 애인은 끝내 돌아오지 않는다. 삶, 변심한 애인!

8

시, 변심한 애인을 향한 복수의 일념에서 비롯된 처절한 자해극! 결국 제 몸에 상처를 남긴다.

9

다음 단계는 놀이의 윤리학!

10

그다음 단계는 쾌락의 향연!

11

공리주의자들은 시를 의미의 집합체로 이해한다. 그들은 문학 언어들이 의미의 전언으로 환원된다고 믿는다. 그들은 언표된 것을 해체하고 의미화하면서 거기서 삶의 부조리라든가, 선악의 분별이라든가 하는 것을 어쨌든 찾아내려고 한다. 그 과정에서 의미의 과소비가 일어난다. 의미로 더럽혀진 손으로 시를 만지면 시가 배양해 온 배아세포들, 혹은 시의 DNA는 오염되어버린다. 시가 진액으로 뿜어내는 의미에는 시가 없다. 시는 의미가 되기 이전의 표면, 심연을 머금은 표면이다.

12

"비가 온다"고 하지만 본디 비는 오고가는 것이 아니다. '비가 온다'는 것은 관념일 뿐이다. 그것은 사람이 지구상에 출현하기 이전에도 항상 있던 현상이다. 비는 언제나 있다. 그것은 오고가지 않는다. 사람을 주체로 세우고 사물들을 객체화하는 사람 중심의 오래된 인습이 비를 제 몸 가까이 끌어당겨 "비가 온다"라고 쓰게 한다. 국소적 공간 경험에 간힌 자들만이 "비가 온다"고 쓴다.

13
좋은 시인은 "비가 온다"라고 쓰지 않는다. 제 몸의 감각적인 경험을 훔쳐다 이렇게 쓴다. "점, 점, 점, 사나워지는 누에들의 뽕잎 갉아먹는 소리,"(주용일, 「봄비」)

14
"나무에서 나오는 방법은 나무를 통하는 길뿐이다."(프랑시스 퐁주)

15
시를 쓰기 전에 하는 명상이 도움이 된다. 명상이 인습적 언술의 속박에서 사람을 해방시키기 때문일 것이다.

16

명상은 시의 반숙(半熟)이다. 그럼 완숙은 어떤 경지일까? 열반(涅槃). 하나의 생생한 현전. 그 무엇으로도 대체할 수 없는 순간. 하지만 냉정하게 말하자. 시는 도덕적으로는 비난받을 짓이다. 시는 우주의 데이터베이스를 훔치는 짓이니까. 플라톤이 역정을 내며 이상국가에서 시인을 추방한 이유도 거기에 있다. 공화국에서 시인들은 파렴치한 자들이라고 비난받거나 낙인찍힌다. 이것은 우화가 아니다. 현실이다. 1964년 소비에트공화국의 법정은 훗날 노벨문학상을 받는 시인 브로드스키를 "사회적으로 유용한 일을 하지 않는 기생충"이라고 판결했다. 그 법정에서 있었던 심문 내용의 일부를 보자. 판사: 당신은 누구인가? 브로드스키: 나는 시인이다. 그렇다고 생각한다. 판사: '~라고 생각한다'는 표현은 허용되지 않는다. 당신의 직업은 무엇인가? 브로드스키: 나는 시를 쓴다. 출판도 할 수 있으리라 생각한다. 판사: 당신의 '생각'을 묻는 것이 아니다. 일을 하지 않는 이유를 말하라. 브로드스키: 나는 시를 썼다. 그것이 내 일이다. 판사: 당신을 시인으로 공인한 것은 누구인가? 브로드스키: 없다. 그것은 나를 인간으로 공인한 사람이 없는 것과 마찬가지다. 판사: 소비에트에서는 누구나 일을 해야 한다. 당신은 왜 일을 하지 않았는가. 브로드스키: 나는 일을 했다. 시가 나의 일이다. 나는 시인이다. 결국 브로드스키는 공화국에서 추방되어 미국으로 건너갔다. 브로드스키의 재판은 시의 DNA가 생물학적 합목적성과 무관하며 공익적 세계의 건설에 기여하는 바가 전무하다는 사실을 명백하게 밝혀준다. 아리스토텔레스(B.C. 384~B.C. 322)는 기원전 4세기에 이미 『시학』에서 "시인들에 대한 비난은 다음의 다섯 종류, 즉 불가능, 불합리, 도덕적으로 해로운 요소, 모순, 시 창작기술의 올바른 기준에 반하는 것 등으로 구분된다"고 썼다. 시, 무용한 짓. 상상임신. 옐로카드를 받는 할리우드 액션. 쇼펜하우어는 그것이 의지와 표상 사이에 있다고 선언했다. 베르그송은 그것이 생의 도약이다, 라고 했다. 그렇다고 시의 미학적 선택에 내재한 반도덕성, 무용함이 가려지는 것은 아니다.

17

명상은 초언어(超言語)를 지향한다. 초언어는 '나'와 '너'의 분별이 없는 태허(太虛)에서 나온다. 가령 "잘 익은 똥을 누고 난 다음/너, 가련한 육체여/살 것 같으니 술 생각나냐?"(김형영, 「일기」). 잘 익은 똥을 누고 난 뒤 비어서 가뿐한 몸에서 태허를 감지한다.

18

명상은 태허에서 사물들 저편에 숨은 신을 만나는 일이다. 숨은 신은 죽은 고양이다. 어느 선사에게 물었다. —세상에서 가장 고귀한 것이 무엇입니까? 선사가 대답했다. — 죽은 고양이다. "국도 한가운데 널브러져 있는/죽은 고양이의/저 망가진 외출복!"(이창기, 「봄과 고양이」)

19

명상과 시는 계통분류상 다른 가지에 속해 있다. 하지만 명상과 시는 쌍둥이처럼 닮아 있다. 깨달음은 갑자기 온다. 시도 어느 날 갑자기 예기치 않은 순간에 찾아온다. "그러니까 그 나이였어……시가/나를 찾아왔어. 몰라, 그게 어디서 왔는지,/모르겠어, 겨울에서인지 강에서인지./언제 어떻게 왔는지 모르겠어,/아냐, 그건 목소리가 아니었고, 말도/아니었음, 침묵도 아니었어,/하여간 어떤 길거리에서 나를 부르더군,/밤의 가지에서,/갑자기 다른 것들로부터,/격렬한 불 속에서 불렀어,/또는 혼자 돌아오는 길에/얼굴 없이 있는 나를/그건 건드리더군."(파블로 네루다,「시」)

20

깨달음이 여기 있다, 저기 있다고 말한다. 다 틀렸다. 가짜들이다. 깨달음은 여기에 있지 않고, 저기에 있지도 않다. 일본 불교의 한 맥인 본각사상은 현실을 있는 그대로 깨달음으로 받아들인다. 이미 깨달았으니 다른 좌선(坐禪)도 일체 필요 없다고 본다. 악을 행하는 것도 자유다. 조악무애(造惡無礙)의 뿌리가 본각사상이다. 도겐(道元, 1200~1253)도 그 영향권 아래에 있던 승려다. 도겐은 수행의 결과로써 깨달음에 이르는 게 아니라 좌선 그 자체가 깨달음이라고 말한다. 깨달음은 없다. 깨달음을 향한 의지의 지향이 있을 뿐이다.

21

명상은 언어를 내려놓는 일이다. 시도 마찬가지다. 언어라는 도구에 의지해 앞으로 나아가되 궁극에는 언어를 버려야 한다. 프랑스어로 명상의 깊이를 보여주는 프랑시스 퐁주는 새를 관찰하고 새에 관한 시를 길게 썼다. "하늘의 쥐, 고깃덩이 번개, 수뢰, 깃털로 된 배, 식물의 이"는 그중의 일부다. 새는 공중에서 미끄러지듯 활강하지만, 퐁주가 원한다고 시 속으로 날아들지는 않는다.

22

시는 언어를 딛고 언어를 넘어간다. 시는 여기에도 저기에도 없다. 흔적으로서의 언어가 있을 뿐이다. 언어는 시가 아니다. 그것은 마음의 물증이다. 시를 지향하는 마음의 물증!

23

시와 명상은 초언어를 지향한다. 시는 방법적 도구로 언어를 쓴다. 언어는 물(物)을 지시하는 기호이자 추상이다. 언어는 물(物)이 아니다. 언어는 발화주체와 물(物) 사이에 있다. 언어는 발화 주체와 세계, 존재와 부재 사이에 걸쳐진 다리다.

24

시는 언어가 연출하는 의미론적 연관의 장(場)에 나타나지 않는다. 우리가 시를 만나는 것은 언어가 지시하는 의미에서가 아니라 언어와 언어 사이 여백들에 메아리치고 있는 비언어적인 울림 속에서다.

25

시는 언어가 아니다. 시는 언어와 언어 사이 그 여백에서 태어난다. 시는 아직 형태소를 얻지 못한 생성하는 언어, 발효하는 언어다.

26

시는 의미 이전이다. 이를테면 "달팽이 지나간 자리
에 긴 분비물의 길이 나 있다", 혹은 "물렁물렁한 힘이
조금씩 제 몸을 녹이며 건조한 곳들을 적셔 길을 냈던
자리, 얼룩"(김기택, 「얼룩」)과 같은 구절들은 시가 의미
의 잠재태임을 말해준다.

27

보르헤스는 이렇게 말한 적이 있다. "나라는 존재가
정말로 있는지는 잘 모르겠다. 내가 읽은 모든 작가들이
바로 나이며, 내가 만난 모든 사람들이, 내가 사랑한 모
든 여인들이 바로 나다. 또 나는 내가 갔던 모든 도시이
기도 하며 내 모든 조상이기도 하다."

28

거울과 부성(父性)은 시와 상극이다. 다시 보르헤스는
말한다. "그들은 눈에 보이는 세계를 증식시키고, 마치
그것을 사실인 양 일반화시키기 때문이다." 그래서 시

인은 거울의 뒷면, 그 텅 빈 공허를 본다. "내가 보는 것은 늘 청동거울의 뒷면이다."(조용미, 「청동거울의 뒷면」)

29

의미로서의 시는 사물로서의 시보다 하급이다. B급이다. 하이쿠는 열일곱 자로 끝난다. 의미가 언어의 양에 비례한다면 하이쿠는 가장 무의미한 언어의 조합이다. 시의 의미는 대개 언어와 반비례한다. 하이쿠는 지구상에 존재하는 시 형식 중에서 가장 슬림하다. 하이쿠는 해석의 언어가 아니다. 사물과 만나는 순간의 떨림을 기록한다. 그것은 시로 진화하기 이전의 원시적 흔적이다. 하이쿠에서 언어에 대한 근검절약은 의미에 대한 태만으로 이어진다. 가장 성공한 하이쿠는 의미의 여백, 무의미를 체현해낸다. 하이쿠는 언어가 아니라 사물의 후경(後景)을 겨냥한다. 하이쿠는 오류와 우연들에 필연의 에너지를 수혈하는 선(禪)과 명상에 더 가깝다. "같은 두 번의 입맞춤도 없고/하나 같은 두 눈맞춤도 없다."(비스와바 심보르스카, 「두 번이란 없다」)

30

명상은 사물의 계통분류상 속(屬)이고 시는 그 하위에 속하는 종(種)이다. 명상이 유실수라면, 시는 앵두나무다.

31

시가 보여주는 것은 마음의 지도다. 그 지도 속에 생의 지도가 숨어 있다.

32

지도는 현실과 현존의 재현이 아니라 새로운 그 무엇이다. 시는 현실의 현실, 이데아의 이데아이다. 시는 현실을 품고 부화시키는 가능세계의 표현이다. 무의식의 보상 속에서 농익은 경험의 다양체들이 상징과 이미지라는 소통의 기호들로 함축되고, 사유와 상상들은 감각의 등고선으로 태어난다. 가장 좋은 시는 현존이 욕망하는 직관의 지도, 이미지의 지도를 보여준다. 그러니 시인의 지도는 한 번도 살아보지 못한 극락의 지도, 없는 곳을 가리키는 지도이다.

33

시는 정서의 표현이 아니라 오히려 그것의 무지락스러운 해체다. 마땅히 머무는 바 없는 정서는 어슴푸레한 것, 언어 이전의 것이다. 시가 언어의 명료성을 저의 실존태로 삼는 게 사실이라면 정서 그 자체는 시가 아니다. 정서에 언어가 입혀지는 순간 불가피하게 시인의 개성과 기질을 드러낸다. 시는 언어가 아니라 피로 쓰라는 주문을 받는다. 시는 언어의 현전이 아니라 이미지, 리듬, 비전을 추구한다.

34

시가 항상 최소한의 언어로 최대한의 의미를 끌어내려는 것, 언어와 언어 사이의 여백과 침묵에 의미를 부여하는 것, 시가 압축파일을 지향하는 게 그 증거다. 시는 언어의 금욕주의를 실천함으로써 세상의 수다를 추문으로 만든다. 시는 언어를 진술의 방법적 도구로 쓰되 언어에서 자유로워야 한다는 영원한 모순명제를 산다. 시의 본래면목은 진술이 아니라 울음, 노래, 다가오는 것들에 대한 계시 속에 있다. 시는 어두운 구름에서 우는 천둥이며 번개인 까닭이다.

35

시는 언어도 아니요, 언어를 다루는 기교도 아니다. 언어를 버리고 나아가는 데 시가 있다. 한 도공(陶工)은 이렇게 말했다. "기술을 습득하는 데 삼 년이 걸렸지만, 그것을 깨끗이 없애는 데는 약 십 년이 소요되었다"라고. 이름 앞에 시인이라는 관사를 달고 삼십 년이나 살았지만, 나는 "삼 년 안에 능히 시 쓰는 기술을 익혔으나 그것을 없애는 데는 삼십 년이 소요되었다"라고 삼히 말하지 못한다. 『붉디붉은 호랑이』(2005)는 등단 삼십 년 만에 내놓은 시집이다. 서문에도 밝혀놓았지만 그만 시를 놓아도 좋겠다는 마음을 먹은 게 사실이다. 『물은 천 개의 눈동자를 가졌다』(2002)를 준비한 무렵부터 이런 생각이 슬금슬금 피어올랐다. 시쓰기의 보람이 있고 없음 때문이 아니라 내 시가 더는 가망이 없다는 격렬한 자각 때문이다. 『붉디붉은 호랑이』를 낼 때 이 생각은 더욱 또렷해졌다. 서른 해라면 아둔한 사람도 깨치고 나아가는 바가 있을 터인데, 가망 없는 걸 너무 오래 붙들고 있다는 회한이 작지 않았다. 본디 미련퉁이이긴 하나 세월의 궁리로 버릴 것과 쥐고 있어야 할 것에 대한 분별이 없지는 않다.

36

뛰어난 솜씨꾼의 솜씨에는 뛰어난 솜씨가 없다고 한다. 감히 그 경지를 흠모하며 애써 익힌 것을 버리고 지우려 했는데, 시집 나온 뒤 꼼꼼하게 살펴보니 언감생심이다. 도끼날을 휘두르되 도끼날은 보이지 않아야 한다. 그런데 내 시에는 거친 도끼자국이 선명해서 민망하다. 성속일여(聖俗一如)라는 깨우침은 말뿐일까, 시들은 미추와 선악의 경계와 분별이 또렷했다. 아직 시가 멀었다는 증거다.

37

시는 경험의 진술도 아니요, 오래된 기억도 아니다.

38

시는 경험을 청취하되 경험을 넘어서 간다. 시는 오래된 기억이기보다는 기억의 대속(代贖)이다. 시는 그 숙주인 역사를 부정한다. 역사의 언어는 화석의 언어이고 시의 언어는 생물의 언어인 까닭이다. 시는 의미의 정언적 명령이나 요청이 아니라 의미를 갖고 노는 놀이이다.

39

시의 언어는 역사에 투항할 때가 아니라 역사와 맞서며 긴장관계를 이룰 때 빛난다. 시를 빚는 욕망과 기억들은 역사가 내장한 도덕과 계시의 규범에 의해서가 아니라 쾌락과 즐거움에 따라 움직인다. 시는 환원불가능한 것을 화석화하는 대신에 생물로 끌어안고 연애한다. 시인은 온갖 사물들과 연애를 하지만, 사물에 몰입하지 못하고 그것을 뒤집어 이면을 본다.

40

시는 사물에의 빙의다. 시는 세상을 넓고 깊게, 낯설고 새롭게 바라보기다. 그리하여 본질에 다가가기다. 허식과 기만을 뚫고 나아가는 상상력과 이미지의 놀이다. 생에 작동하는 규범적 윤리의 부패를 막는 소금이며, 가망 없는 꿈들에 희망을 불어넣는 풀무질이다.

41

시는 영토화된 것에서 탈주하기, 탈영토화하기다. 영토화된 것은 이미 죽은 것이다. 노자는 "사람이 살아 있을 때는 부드럽고 약하지만 죽으면 굳고 강해진다"고 했다. 시는 굳고 강해진 것, 그 주검을 가로질러간다.

42

시는 당대의 주류 가치를 옹호하지 않는다. 차라리 아직 당도하지 않은, 그래서 모호한 윤곽만을 드러내는 미래의 가치에 헌신한다. 독재자들은 음풍농월은 즐기지만 시인은 증오한다. 독재자들이 옹호하는 오늘에 통용

되는 가치의 진위와 미추를, 기만과 사술(邪術)을 시인들이 폭로하기 때문이다. 시가 주류 가치에 딴지 걸고 부정하기 때문에 시인은 의미의 건축자가 아니라 파괴자라는 오해를 받는다. 시인은 낡은 의미의 파괴이다. 독재자들은 시의 파괴 행위가 새로운 창조를 위한 첫걸음이며 그 전제라는 걸 납득하지 못한다.

43

시는 영웅, 비범한 성공, 웅장한 것에 대한 예찬이 아니다. 차라리 하찮은 것의 숭고함과 실패한 것들의 창백한 진실, 비루한 것의 장엄함에 바치는 한숨 섞인 헌사이다. 시인은 하찮은 것에서 위대함을, 비루한 것에서 장엄함을 본다. 모래에서 은하계를, 한 떨기 장미꽃에서 우주를, 오늘에서 내일을, 피어오르는 구름에서 번개와 우레와 이듬해에 내릴 비를 보는 게 시인이다.

44

공리주의자들이 시인을 지상의 잉여 존재로 폄하하는

것은 시가 실익과 상관없는 미학적 현존, 쓸모없는 것들에 대한 변호, 무(無)와의 덧없는 성교이기 때문이다. 공리주의자들이 지배권을 가진 현실에서 시인은 방외인으로 내침을 당한다. 예로부터 시인들은 후레자식, 광인, 떠돌이, 방랑자였다. 당연한 일이다. 시인은 적자가 아니라 서얼이다. 시인들이 현실의 총애를 구하지 않고 만물에 편재해 있는 도(道), 궁극적으로 영원, 초월, 절대 도덕만을 섬기기 때문이다.

45

시인은 "나는 쓴다, 고로 나는 존재한다"라는 명제를 몸으로 산다. 실용주의 가치관이 득세하는 문명세계에서 쓰는 것만으로 존재를 지탱하려는 일은 무용한 열정에 들린 것으로 보일지도 모른다. 그러나 시인들은 빗방울에서 움직이는 우주를 보고, 모래알에서 궤도에서 이탈한 별의 현존을 보고, 꽃봉오리를 흔들고 지나는 한줄기 바람에서 탐미에의 몸짓을 본다. 시집이 안 팔리고 시가 헐값 취급을 당하는 이 세태의 천박함에 맞서 시인은 시로써 내면의 소리를 붙잡고, 세속이 품은 신성(神聖)을 직시하며, 언어로 우주를 건설하려고 한다. 무통문명(無痛文明)의 시대에 사람들이 떨쳐내는 고통을 제 몸에 품고 진주를 키우는 시인들이 있기에 권태와 허무와 절망마저 뜻과 생기를 얻고, 우연의 응축들로 이루어진 언어들이 빛난다.

46

눌리고 찢긴 가슴을 펴주고 시대를 초월해서 심금을 울린다. 그게 좋은 시다.

47

시는 심미 본능에서 발현하는 언어 예술이지만 아름다움 그 자체가 목적은 아니다. 시는 일체의 아름다움을 넘어서는 곳에 자리한다. 뜻의 곡진함, 말법의 새로움, 생동하는 기운이 한데 어우러질 때 시는 제 빛을 낸다. 감히 시가 생계를 견인하는 일보다 갈급하며 숭고한 사업이라고 단언할 수는 없다. 하지만 심미적 감각을 세

련되게 하며 세상을 보는 다른 눈과 다정한 인격을 키워 주는 데 제격임을 부인하지 못한다. 때때로 인간은 먹고 사는 것과 결부된 합목적성을 넘어서서 우리 삶을 보고 자 하는 욕망을 품는다. 시는 그 욕망의 구체적 실행이 다. 그래서 시를 아는 것은 전부를 아는 것, 곧 우주를 아는 것이다.

48

한편에서는 빈곤이라고 하고 다른 한편에서는 과잉이 라고도 한다. 유협의 은유를 빌려 말하자면 지금 우리 시 단에는 기화요초와 매와 꿩과 봉황이 한데 어우러져 있 는 형국이다. 매는 높이 날 수 있으나 볼품이 없다. 꿩은 화려하나 높이 날지 못한다. 옛것을 잇는 작품은 새로운 기풍이 부족해 어딘지 진부하고, 낡은 기풍을 혁신한다 는 작품은 옛것의 심오함을 품지 못한 채 신기성만 좇으 니 어딘지 뿌리가 없다는 느낌을 준다. 오직 높이 날면 서 아름다운 것은 봉황뿐이다. 유협은 동양 문예미학의 빼어난 고전인『문심조룡』에서 풍(風), 골(骨), 채(采)를 두루 갖춘 작품만을 경지에 오른 것으로 꼽았다. 봉황은 어느 시대에나 흔치 않다. 흔하면 그게 어디 봉황이냐! 하나 드문 것도 생산의 풍요 속에서 나타나는 것이니, 생산에 활기를 더하도록 북돋는 것은 봉황의 출현에 보탬이 되는 일이다.

49

모든 시는 처음 쓰는 시다. 정말 그럴까? 당신이 쓴 시는 이미 누군가가 먼저 쓴 시다. 해 아래에 새로운 것이란 없다. 그래서 전무후무한 시, 세상에 없는 시를 쓰려는 욕망은 늘 실패한다. 실패는 시가 짊어진 숙명이다. 그 숙명을 거스르기 위해서는 광기와 우연의 힘을 빌릴 수밖에. 미친 상태에서 쓰는 시만이 살아남는다.

50

시를 오래 쓴다고 내공이 쌓이지는 않는다. 상상력을 공작 날개같이 펼칠 것. 장대높이뛰기 선수가 땅을 박차고 날아오르듯이 도약대 삼아 솟아오를 것. 무의식에서 낯선 방언이 튕겨져나올 때까지 밀어갈 것. 시란 믿을 수 없는 기적의 언어적 간증이다.

51

익숙한 경험들, 즉 침상에 떨어진 머리카락 몇 올이나 닫힌 창문, 머리 감기나 양치질, 수도꼭지에서 떨어지는 물방울들, 김밥 싸기나 장례식장에서 육개장 먹기와 같이 범속한 경험이나 사물을 낯섦으로 발명하는 것, 그 범속함에서 어떤 창조적 각성과 계기를 찾아내는 것, 그게 시인의 재능이다.

52

시인은 언어의 이상한 사용자에 지나지 않는다. 그는 주문(呪文) 같은 이상한 문장 몇 개를 지어내는 사람이다.

53

시는 불운과 불행을 지복으로 삼고 그것에 걸맞은 언어와 이미지를 찾아주는 것. 사랑하는 이의 머리에 나비

문양의 머리핀을 꽂아주듯이.

54

시는 호젓한 시간의 만(灣)에서 누군가의 이름을 호
명하는 것.

55

압도적인 아름다움과 슬픔 따위는 시가 되지 않는다.
길의 고요, 이국의 절경, 말린 정향(丁香), 육친의 죽음
들! 이것은 시로 변환되지 않는다!

56

배고프고 외로운 저녁에 기쁨의 고갈로, 혹은 가난의
한 양식으로 시가 온다. 맹렬하게 외로울 때, 마음이 광
포해진 말같이 날뛸 때, 시는 외로움과 광포함의 고삐를
틀어쥐는 일이다. 일요일 오후의 만찬, 육즙이 흐르는
두꺼운 스테이크와 포도주로 위를 채운 뒤의 느긋한 포
만감, 그 배부름과 낮잠에는 시가 없다. 결핍과 부재가

없는 삶에는 시가 깃들지 않는다.

57

무심히 열려 있는 문, 살랑거리는 바람에 흔들리는 버드나무 가지, 어머니가 부재하는 어린 날의 저녁, 사소한 불행에의 감염, 소년 시절 엄마와 함께 찍은 흑백사진, 순모 스웨터에서 풀린 올, 향을 피운 방, 임종의 순간들, 끝내 떠나지 못한 스페인 여행, 여름 오후 베를린의 호텔 방에서 듣던 밴드 연주, 처음으로 맛본 자두의 맛, 불가능한 것에 대한 예감들, 지하창고에 쌓아둔 지난 가을 수확한 사과가 내뿜는 향, 까마귀를 기르는 남자, 수요일과 목요일 사이의 마음에 스미던 불안 한줄기, 습기 많은 여름 저녁 빌리 조엘의 노래, 일요일에 문 닫는 스키야키 식당, 그 많은 옛날들, 첫얼음의 기척, 홍합과 우스꽝스러운 죽음들……에서 시를 줍는다.

58

시에서 피해야 할 것들. 모든 형태의 거짓과 과장, 굳

건한 확신들, 자아도취, 감정 과잉, 언어 낭비 등이다. 시
는 늘 연약하고 가느다란 것에서 온다.

59

시를 쓸 때 첫 줄에 모든 것을 건다. 이 우연의 도박에
전 재산을 거는 무모함이라니!

60

유아기의 어떤 희미한 기억들, 망각과 무의식만이 시
에 깊이를 가져다줄 것이다. 깊이는 경험의 표면에 대
한 보상!

61

좋은 시인은 동사(動詞)를 선호한다.

62

시쓰기와 자전거 페달 밟기는 닮았다. 페달 밟기를 그
치면 자전거는 넘어진다. 시를 쓸 때 중단하지 말아야

만 한다. 그렇지 않으면 시의 두번째 행을 쓸 수가 없다.

63

아름다운 전나무들, 여름 한낮의 불꽃이 데운 흰 모래
밭, 급류와 소용돌이들, 누이의 쇄골, 중력으로 길쭉해
지는 빗방울들, 땡볕에 노출된 돌멩이나 방울토마토같
이 단단하고 탱탱한 시를 쓸 것.

64

시에서 문법의 일탈이나 비문(非文)에 대해 너그러울
것. 그것은 아름다운 여자의 미소와 같은 것이다.

65

시는 세계의 개시(開示)다. 도무지 드러내보일 수 없는
비밀과 수수께끼를 드러내기다. 끝내 실패하고야 마는
것. 실패해도 괜찮은 것. 하지만 그 실패의 언어적 잔해
를 시라고 우기지는 말자.

66

과거의 기억을 호명해서 시의 면류관을 씌우는 것은 세계의 현재성과 맞설 힘을 잃어버린 나이든 자의 정신적 나태를 반영한다. 시에 회고적 어조가 부쩍 느는 것은 좋은 징후가 아니다. 그것은 감각의 무딤과 느슨함을 보여주는 증거다. 좋은 시인이라면 수치로 여겨야 마땅하다. 시인은 현재가 품은 무수한 망각과 불확실성을 끈질기게 붙들며, 그것에서 불쑥 솟구치는 한줄기 영감을 잡아챈다.

67

현재를 집요하게 붙들고 늘어지며 숙고하는 이유는 분명하다. 과거가 낭만의 지옥이라면 미래는 지옥의 유토피아다. 반면 현재는 미래의 언어들로 채워져 있다. 좋은 시인은 현재라는 대기에 떠도는 유언비어에서 미래의 언어를 훔친다. 종종 좋은 시인들은 자기도 모르게 예언자를 흉내낸다.

68

페르난두 페소아(1888~1935)는 무수한 이명(異名) 속에 숨었다. 이명은 그의 가면이다. 이름만 바꾼 게 아니라 문체와 별자리도 바꿨다. 그는 설렘과 두려움이 없는 익숙한 현실을 반복하고 싶지 않았을 테다. 그는 존재하지 않거나 존재할 수 없는 누군가를 빌려서 망명한다. 오랫동안 조국을 등지고 망명자로 산 그가 버린 조국은 다름아닌 자기 실존이 처한 언어의 진부함, 익숙한 것의 반복, 자아의 백일몽 따위일 것이다.

69

시는 애초에 음악화할 수 없다. 그 불가능함에도 불구하고 시는 음악을 동경한다. 시는 그 불가능성을 시도하고 또 시도하는 하염없는 몸짓이다.

70

파충류같이 땅에 배를 붙이고 눈높이를 낮춰 세계를 바라볼 것. 그리고 낯선 세계의 눈부심에 잠시 어리둥절

할 것. 익숙한 것을 다르게 보기. 시는 상상력의 저공비행으로 세계를 보고 낯선 것으로 빚어내는 일이다.

71

관념을 낳는 생각은 선험의 산물이 아니라 배움과 지식의 흔적이다. 생각은 후천적 학습으로 어느 정도 틀에 박힌 방식에 길들어진 결과물이다. 생각이란 내 것이 아니라 남이 만든 걸 빌려쓰는 행위이다. 무엇보다도 생각이란 그릇은 광기와 혼돈을 담기에는 그 내구성이 약하다.

72

인간은 생각하는 짐승이다. 무언가를 생가한다는 것은 사실 신념을 딱딱하게 굳히는 과정이다. 하지만 진짜 생각은 안 보이는 저편에서 짐승의 살을 물어뜯고 피를 들이킨다. 송곳니와 어금니 사이에는 짐승의 살점 찌꺼기가 끼어 있고, 핏물이 배어 있다. 생각은 살아 있는 것의 살과 피에서 얻은 자양분으로 연명한다. 죽음은 생각이 그 살과 피를 더는 취할 수 없는 상태다. 생각은 죽음과 함께 끝난다.

73

생각과 죽음은 양립할 수 없다. 둘은 상극이다. 어떤 생각은 죽음을 향해 달려간다. 어떤 생각은 기이하게도 자기 존립의 근거를 없애는 죽음에 몰입한다. 에드몽 자베스(1912~1991)에 따르면, 생각은 종종 "전율하는 삶, 웃음 짓는 죽음"이다.

74

시를 쓸 때 생각을 버릴 것. 생각은 자꾸 시를 다듬는 습관을 불러낸다. 말끔한 문법과 단정한 형식으로 마무리된 시는 흠잡을 데 없이 잘 다듬어진 시다. 하지만 단정한 시는 의심해볼 것. 직관에서 솟구쳐나온 게 아니라 생각의 양조(釀造)로 축조된 시는 어딘지 모르게 가짜로 보인다.

75

생각이란 무엇인가? 인간은 언제나 유추와 논리의 근거인 생각에 앞서 존재한다. 생각은 부재와 현존 사이를 잇는 알리바이다. 존재는 생각보다 그 기원이 먼저다. 생각은 무(無)나 망각과 싸우는 한 방식이다. 에드몽 자베스처럼 "생각은 공허를 짓뜯는 섬광"이라거나 "내가 내 생각이라면, 나는 생각의 돛대다"라고 말할 수 있겠다. 생각은 삶을 지속시키는 데 필요한 요소지만 그것만으로 삶이 만들어지지는 않는다. 생각을 끊지 못하는 자는 생각 속에서 길을 잃는다. 늘 생각이 많은 사람은 결정장애를 갖고 머뭇거리기 일쑤다.

76

나는 생각하기에 존재하는가, 혹은 내 안에서 생각이 바글거리는 것인가. 우리는 생각의 도취 속에서 우연히 발견된 미아일 따름이다. 내가 생각을 거머쥐고 부리는 주인이 아니라 생각이 나를 거머쥐고 논다, 인생이란 생각의 유희, 혼은 생각의 춤. 존재는 생각이 제 거처로 삼은 장소일 뿐이다. 인간은 생각이란 뿌리줄기에서 끊임없이 돋아나는 그 무엇이다.

77

존재하기에 생각하는 것이 아니라 생각하기에 존재한다. '나'라는 헛것은 생각의 메아리이고, 생각이 빚은 조형물이다. 생각함 속에 나의 존재가 깃든다. 달리 말하면, 생각이 나라는 존재를 발명한다. 생각이 없었다면 나는 존재하지 못했을 것이다. 왜냐하면 나는 결코 발견/발명되지 못했을 테니까.

78

당신도 아시다시피 생각의 도구는 언어다. 인간의 뇌는 언어의 추상성과 복잡성을 견딜 수 있도록 진화해왔다. 언어는 존재가 뒤집어쓰고 있는 현존의 외피(外皮), 투명한 너울이자 거푸집이다. 그것이 없다면 마치 집밖으로 쫓겨나 헐벗은 것처럼 추위와 비바람에 떨 것이다.

79

언어를 폐기한 뒤 생각을 시작할 것. 생각은 언어라는 아주 작은 실마리에서 풀려나가는 그 무엇, 혹은 언어의 매듭을 풀어나가는 행위이다. 생각은 가능성의 영역과 불가능성의 영역으로 나뉘는데, 시인은 생각의 불가능성 뒤에 나타나는 망각의 지평선과, 사물에 대한 몽상이 빚어내는 상상력에 더 기댄다. 시를 쓰려면 생각을 끊자. 생각의 폐기, 그리고 백지 상태에서 시작하자.

80

당신도 아시다시피 생각이란 문화적 관습의 산물이다. 이것은 언어의 집합체, 혹은 혼잡한 덩어리다. 생각은 잡념 속에서 번성하고, 잡념은 영혼의 혼탁한 수다를 불러온다. 시는 언어가 폐기된 뒤 생기는 광활한 침묵이다. 두개골을 쪼개는 벼락처럼 내리치는 침묵의 시를 신뢰할 것.

81

1980년대는 불의 연대였다. 반독재 투쟁이 시대의 당위이자 소명이었다. 정치적 올바름을 시의 기둥으로 삼은 시인들은 자기 신념의 무오류성을 근거로 그토록 당당했지만 그것이 미학적 완결성을 얻는 경우는 드물었다. 올바른 것이라 할지라도 도덕과 신념으로 굳고, 거기서 한걸음도 더 나아가지 못한 채 자기 복제에 머물 때 시는 볼품이 없어진다. 무수한 깃발로 나부끼며 이념의 선전과 선동에 나섰던 그 많은 시들이 얼마 지나지 않아 사라졌다. 그 시들이 까맣게 잊힌 것은 안타깝지만 그만큼 유효성이 길지 않았다는 증거다.

82

부자의 목을 베거나 죽창으로 배를 찔러죽이자고 선동하는 시들이 득세하는 시대를 올바르다고 할 수 없다. 그런 시들로 채운 동인지가 버젓이 주목을 받았다. 사회혁명을 내세운 그런 반생명적 시를 누구도 끔찍하다고 비판하지 않았다. 그 시절을 우리는 알 수 없는 시대의 광기에 감싸여 다들 미쳐날뛰며 건너왔다.

83

2000년대에 낡은 관습에 기대는 시는 사라졌다. 오늘의 시인들은 정치적 상상력을 추방하고, 신자유주의 체제의 불확실성과 모호함에 맞서 싸우느라 바쁘기 때문이다.

84

건강한 시인, 잘 먹고사는 시인보다 어쩐지 가난하고 병약한 시인의 시에 더 이끌린다. 그들이 더 하염없는 존재들이기 때문이다. 내가 박용래, 김종삼, 천상병, 김관식, 박정만, 김영승의 시를 좋아하는 이유다!

85

자연 예찬의 시는 정치성을 배제하는 방식으로 정치를 받아들인다. 청록파 시인의 초기 시는 탈정치적인 서정시의 백미를 보여준다. 탈정치적인 태도는 그 자체로 나쁜 것도 좋은 것도 아니지만 그것이 순수하다고 말하는 것은 사실을 왜곡하는 일이다. 정치를 지우고 그 빈 자리를 청산, 도라지꽃, 윤사월, 저녁노을로 채운 청록파의 시는 정치를 배제하는 방식으로 정치에 개입한다고 할 수 있다.

86

'꽃'을 노래하며 명성을 얻고 순수시의 표상으로 꼽히던 시인 K 선생이 인생 후기에 5월 광주민중학살의 원흉인 민정당 소속 국회의원으로 호출되자 망설임 없이 나선 것은 이상한 일이 아니다. 순수한 것은 언제나 가장 먼저 더럽혀진다.

87

시인은 거지, 바보, 천치, 쪼다, 못난이에 가깝다. 한심하고 모자라며 하염없는 이들! 생물학적 이득에 아무 보탬이 되지 않는 시에 자기를 던진 이들! 농경 정착민보다는 변방인, 외부자, 밀입국자, 난민, 떠돌이, 광대의 정체성이 더 잘 어울리는 이들!

88

페소아는 아무 야망도 욕망도 없다고, 시인이 된 건 야망이 아니라 그것이 '홀로 있는 방식'이었기 때문이라고 고백한다. 홀로 있는 것은 어렵지 않지만, 그게 자기의 존재 방식이라는 인식을 갖는 건 쉬운 일이 아니다. 페소아는 죽는 날 이런 시를 남겼다. "오른손을 들어, 태양에게 인사한다./하지만 잘 가라고 말하려고 인사한 건 아니었다./아직 볼 수 있어서 좋다고 손짓했고, 그게 다였다."

89

김혜순 시집 『날개 환상통』(2019)을 읽는다. 도약과 폭발하는 언어, 금기를 위반하는 언어는 늘 낯설다. 그의 시에서 당대 젊은 시인들의 시에 나타나는 낯섦과 그로테스크의 배후 진원지를 찾는 건 쉬운 일이다. '시적인 것'에 대한 인습적 이해를 부수고 그 경계를 넓히는 언어는 문법의 표준과 단일성에 저항하는 언어다. 강신무의 언어가 그렇듯이 김혜순 시는 관습적 사유의 그물로는 포획되지 않는다. 그의 시가 불편하다고 말하는 당신은 인습적 사고와 싸우기를 멈춘 사람이다.

90

김혜순의 시적 자아는 새장을 탈출한 새로 변신한다. 몸의 증상은 곧 새의 증상이다. 새가 된 기분을 느껴보려는 걸까? "그 새의 신발끈은 풀어져 땅에 끌리고/그 새의 머리끈은 풀어져 측백나무를 칭칭 감고//하지만 나는 나는 것이 좋아/먼 길 떠나는 것이 좋아".

91

김혜순의 시는 자주 시인조차 이해가 어렵다는 말을 듣는다. 하지만 때로는 이렇게 쉬운 구절도 쓴다. "자아(自我)라는 이름의 뚱뚱한 소녀를 생각한다/그녀를 오늘밤 굶겨 죽여야 한다".

92

본명을 감추고 필명이나 이명을 쓰는 것은 일종의 위장술이다. 김정식(金廷湜, 1902~1934)은 '김소월'로, 김해경(金海卿, 1910~1937)은 '이상'으로 더 유명하다. 백석도, 이육사도, 박목월도, 김지하도, 황지우도 다 필명이다. 필명은 자기 눈빛을 감추는 검은 선글라스 같다. 필명을 쓰는 것은 자기 정체성을 부정하려는 무의식의 심리 때문이 아닐까? 자기를 부정함으로써 자기에게로 돌아가기. 자발적으로 추방자나 난민 되기. 이를테면 필명은 이들이 불가피하게 선택한 망명지다.

93

언어를 매개로 성립하는 장르라는 점에서 언어는 시의 기초 성분이다. 언어는 시의 거푸집이고, 물고기를 잡는 통발이다. 거푸집은 건축이 끝난 뒤에 허물고, 물고기를 잡은 뒤에 통발은 쓸모가 없다. 시인은 시를 얻은 뒤 언어를 버리고 그 너머로 나아간다. 언어를 벗어나는 순간 그 언어로 포획한 시적 순간도 사라진다. 언어는 시의 토대이자 숙명, 즐거운 한계다.

94

시가 없어도 인류는 살아남는다. 시 한 편 읽지 않아도 사는 데 아무 지장이 없다. 시를 몰라도 멀쩡한 삶이 가능하다는 사실에 실망할 필요는 없다. 시를 모르는 이에게는 존재의 불확실성에 머리를 쿵 하고 박는 일이 생기지 않는다. 인간이 얼마나 캄캄한 은총 속에 있는지를 깨닫지 못하는 이들은 봄철 벚나무 가지마다 만개한 꽃잎 난분분 떨어져 온통 하얗게 변한 길바닥을 자동차 바퀴가 짓이기고 지나가도 무감각할 수밖에 없다.

95

세사르 바예호(1892~1938)는 "인간은 슬퍼하고 기침하는 존재"라고, "음습한 포유동물, 빗질할 줄 아는 존재"라고 노래한다. 여기에 무슨 말을 더 보탤 것인가! 인간을 규정하는 말을 모으면 책 한 권으로도 모자랄 테지만 시인들은 축약해서 말한다. 우주를 한 줄로 축약하되

넘치지 않는 게 시인의 능력이다.

96

어머니는 배고파 우는 자식들은 거둔다. 짐승 새끼들은 수시로 어머니에게 먹을 것을 내놓으라고 울며 보챈다. 바예호는 어린 시절의 어머니를 이렇게 노래한다. "셀 수도 없을 만큼 많이, 달걀노른자로만/과자를 구워주시던 따스한 제과기, 어머니"라고!

97

언표된 것만을 따라가는 시 읽기는 올바른 습관이 아니다. 언표된 것은 강을 건네주는 나룻배다. 강을 건넌 뒤 나룻배는 버린다. 비평가는 언표된 것 아래 억압된 것, 끝내 쓸 수 없는 것, 은폐 영역 속에 꼭꼭 숨은 무의식의 욕망을 읽어내야 한다.

98

시는 미래의 언어다. 미래란 어제의 오늘이거나 아직

도래하지 않은 과거다. 미래란 과거의 성분들을 조합해서 빚는 환상이다. 과거의 여정과 흐름을 평가하는 것은 역사가의 일이고, 시인은 예측할 수 없는 것을 예측하려는 불가능한 시도에 제 몸을 바친다. 그런 까닭에 역사가에겐 필요가 없는 상상력이 시인에겐 절대적으로 요구되는 것이다.

99

시는 찰나의 전복이다. 뒤집어지면서 드러나는 것들. 번개가 번쩍이고 난 뒤 우레가 운다.

100

진부함은 정신의 나태를 드러내는 일이다. 나이를 먹으면서 의식에 똬리를 틀고 들어앉은 진부함이 세계에 대한 경이를 없애고, 사물을 향한 의심과 환상을 삼켜버린다. 나이를 먹은 뒤 시와 동화를 잃는다. 영혼이 낡고 무뎌지며, 감성은 무감각해지기 때문이다. 진부함은 한 점의 회의도 품지 않는 지식과 하찮은 신념의 산물이다. 진부함에 물든 자는 세상에 널린 평범한 죄악에 연루되어 있다.

101

월트 휘트먼이란 위대한 시인을 배출한 미국은 금세기에 시를 죽인 나라로 변했다. 미국은 시를 살해했다. 시가 자본주의 문명 건설에 아무 도움도 되지 않았기 때문이다. 미국은 시를 금박으로 덧칠된 디즈니랜드의 오락성과 할리우드가 제조하는 악마적 환상성, 라스베이거스가 제공하는 카지노 도박의 황홀경으로 대체했다. 시는 이 다인종 제국이 세운 가짜 유토피아에서 영원히 추방되었다.

102

조류는 자기 날갯짓으로 첫 비행을 시작할 무렵 무리에서 독립한다. 시인의 싹이 있는 자들은 가장 먼저 가족이기주의라는 올다리를 티고 넘어 바깥으로 나온다. 시를 쓰려는 자들은 한마디로 가족공동체의 규범에 가

둘 수가 없다. 이들은 정주민의 도덕에서 보자면 말썽
꾼, 후레자식들에 지나지 않는다.

103

시쓰기는 거위의 젖떼기다. 어린 거위는 제 어미의 젖
을 영원한 부재로 무의식에 새긴다. 부재하는 것에 대한
갈망. 시를 향한 갈망은 곧 존재에 대한 갈망이다.

104

우울은 시의 중요한 덕목 중 하나다. 우울이란 절망의
두꺼움을 얇게 펼쳐낸 것이다. 내 시의 DNA에는 얼마
간의 우울이 스며 있다.

105

환상, 기억, 부재—이 세 가지가 시의 3대 자원이다.

106

시인은 곡비(哭婢)다. 세상의 다양한 슬픔을 대신해 마

지막까지 남아 울어주는 존재라니!

107

나는 중국인이나 그리스인에 대해서도 시를 단 한 편
도 쓴 적이 없다. 아직 써야 할 시가 남아 있다는 뜻이다.

108

눈 감은 채 눈꺼풀로 세계를 바라보기. 그것이 상상
력을 더 자극한다. 어린 시절의 깃발, 병, 울음, 시골집
열린 앞뒷문을 통과해 뒤꼍 대추나무에 내리치던 벼락,
들판 저 끝에서 타는 노을, 돼지 멱을 따는 어른들의 거
친 웃음소리, 돼지 멱에서 콸콸 쏟아지던 피, 웅덩이가
의 여뀌들, 오디를 따먹어 앞니가 까매진 계집애, 박제
된 호랑이를 갖고 다니는 떠돌이 사진사, 서리 내린 가을
아침 땅에 추락한 매미들, 절집에서 치르는 장례식, 새
벽의 곡(哭), 전쟁통에 죽은 외할아버지, 고구마 수확을
끝낸 빈 밭, 개장수에게 잡혀갔다 한 달 만에 돌아온 개,
잔설의 적막. 눈꺼풀로 본 것은 달무리처럼 모호하고 어

171

렴풋하다. 과거의 퇴적물과 죽은 기억은 다르다. 글쓰기
욕망을 자극하는 것은 오래전 사라진 것과 무의식의 영
토에 퇴적된 기억들이다.

109
시는 기억이 아니라 반(反) 기억이다.

110
묘비명보다 언어의 내핍이 더 필요한 장르가 있을까?
묘비명은 파란만장한 생애를 줄이고 줄여서 단 몇 줄로
압축한다. 묘비명은 다 시다.

111
서정시는 고백의 내러티브를 기반으로 하지만 시가
사적인 경험의 토로일 수만은 없다. 경험을 취하되 경
험을 넘어가기. 시는 경험을 해체하고, 느낌들을 뭉쳐서
상상력이라는 오븐에 넣고 굽는 빵이 아닐까?

112

첫 시집 『햇빛사냥』은 1979년에 나왔다. '첫'은 시작이며 격류고 혁명이다. '첫'은 떨림이고 설렘이며 기쁨이다. 나의 '첫'은 언제나 예기치 않음에서 비롯되었다. '첫'눈, '첫' 키스, '첫' 도보여행, '첫' 실패, '첫' 불량소년 입문, '첫' 결심, '첫' 직장, '첫' 시집, '첫'아이, '첫'사랑, '첫' 집, '첫' 무릉도원. 하필이면 왜 '첫'일까. '첫'은 봉인된 운명이다. 미지수다. 무릇 '첫'이라는 관을 쓰는 것은 청순하고 달콤하고 쓰디쓰다. '첫'은 씨앗이고, 불후의 열매다.

113

어떤 시는 빠르게, 어떤 시는 더디게 쓴다. 삼십 분만에 후루룩 쓴 시도 있다. 많은 시간을 들이지 않았는데 더 고칠 데가 없다. 몇 년이 걸린 시도 있다. 쓰고 다시 고쳐써도 끝내 마무리되지 않는 시도 있다. 미진한 그대로 받아들일 수밖에 없다. 시마다 왜 그런 차이가 생기는지를 나는 모른다.

114

언어는 시의 '첫' 착상이다. 하나의 어휘, 하나의 문장이 시의 계기이자 촉매인자일 때도 있다. 어휘와 문장은 비를 품은 구름이다. 번개가 치고 천둥이 운다. 그 구름에서 시라는 비가 쏟아진다.

115

나는 '눈썹'이라는 어휘에서 시작할 때 빠르게 쓴다. 『몽해항로』(2010)의 「그믐 눈썹」 같은 시. 착상에서 마무리까지 한 시간 가량 소요되었다. 그럼에도 이 시를 가장 좋아한다. 나는 마음의 비밀들이 찰나에 외면화되어 나온 시를 좋아한다.

116

"해가 구르듯 지고 바람은 대숲 아래서 가벼이 목례를 하네요 고양이는 푸른 인광을 번뜩이며 하얗게 울고요 자꾸 울고요 숯이라도 내 마음 탄 자리를 검다 하지는 못하겠죠 물은 물속 일을 모르고 꿈은 제가 꿈인 줄도 모르죠 그러고 살았죠 단풍나무 뒤에 서 있는 당신 어깨 너머로 계절 몇 개가 떨어져요 당신 눈 위에 눈썹은 검고요 당신은 통영을 간다 하네요 발톱 가진 어둠 몇 마리가 칠통(漆桶) 속에서 울부짖죠 무슨 일인가요 당신 눈동자를 보던 내 동공은 녹아 눈물로 흐르고 당신에게 뻗던 내 팔은 풀밭에 떨어져 푸른 뱀이 되어 스으윽 가을 건너 봄의 관목 숲으로 사라져요 피비린내가 훅 하고 끼치는 걸 보니 벌써 그믐이 가까워지나 봐요 당신이 내게 기르라고 맡기고 내가 젖동냥해서 기른 그믐이죠 어서 오세요 그믐 눈썹으로 오세요 열두 마리 고양이는 하얗게 울고요 그믐에 그을리고 탄 제 마음 자리는 숲이랍니다"(졸시,「그믐 눈썹」)

117

「그믐 눈썹」을 쓸 때 내 뇌파는 세타파(theta wave)의 주파수대에 있었을 것이다. 초당 4 내지 8 헤르츠 정도의 주파수. 이완과 수면 사이. 선의식(subconscious)의 상태라고 한다. 직관과 영감이 발휘되는 구간이다. 뇌파가

175

세타파에 도달할 때 영혼은 황금비율 상태에 이른다. 이
때 어휘는 다른 어휘들을, 이미지는 또다른 이미지를 물
고 나온다. 문장은 다른 문장을 물고 나온다. 미처 놓치
고 있던 어떤 창의적인 것들이 무의식의 각성 속에서 튀
어나온다. 처음에 "발톱 가진 어둠 몇 마리가 칠통(漆桶)
속에서 울부짖죠"라는 구절을 떠올렸다. 그다음은 아주
쉬웠다. 단숨에 시 한 편을 끝냈다.

118

상상력은 칼날 없는 검이다. 세계를 베어버리는 데 한
점의 거침이 없었다.

119

조산(曹山)과 그 수좌의 대화.
"어떤 것이 칼날 없는 검인가?"
"단련하여 된 것이 아닌 것, 분별·생각으로 만들어진
것이 아닌 것, 만든다고 하는 범주 속에 들어가지 않는
것이다."

"본체는 위에서 말한 것과 같다 하더라도 작용은 어떠한가?"

"닥치는 대로 모두 베어버린다."

"부딪치지 않는 것은 어쩌나."

"부딪치고 부딪치지 않는다는 것은 일종의 분별상의 논리다. 부딪치든 않든 모조리 베어버린다. 일체총살(一切總殺)이다."

"무엇이든 다 죽이고 나서는 어찌되는가?"

"칼날 없는 검이 있는 줄을 여기서 바야흐로 알게 될 것이다."

이게 무분별의 분별이다. 앎은 마음을 가두고 속박한다. 진짜로 아는 것은 그 매임에서 자유로움이다. 그러므로 마음과 마음을 앎에 매지 않는다. 앎에 매였는가, 앎에서 자유로운가. 이게 선사들의 수준을 가늠해볼 수 있는 잣대다.

120

뇌파가 세타파일 때 시인은 에너지장을 예민하게 감

지한다. 부분에서 전체를 통찰한다. 식물의 잎들이 피보나치의 패턴으로 난다는 것을 배우지 않고도 알 수 있다. 녹색 식물들은 나선형으로 소용돌이치는 에너지장을 갖고 있다. 참나무도, 줄기 식물도 다 그렇다. 내가 다가서면 식물이 가진 에너지장이 반응한다. 보이지 않는 것을 보려고 나는 보이는 것을 오랫동안 주의깊이 살폈다. 사물을 관조하고 직관하는 한줄기 빛. 시는 그 빛을 따라간 탐사의 흔적이다.

121

시를 쓰기 전에 명상을 한다. 허리는 꼿꼿이 세우고 엉덩이는 바닥에 붙인 채로 안정된 자세를 취한다. 호흡을 하며 의식을 집중한다. 들숨과 날숨을 최대한 길게 끌고 나간다. 심신이 이완되면서 내면의 소음과 불안이 가라앉는다. 베타파(beta wave)에 있던 뇌파가 알파파(alpha wave)로 떨어진다. 고요해지면 감정의 고조도 잦아든다. 뇌의 고도가 낮아질 때 정수리 부근의 구멍으로 무언가가 빠져나간다. 유체 이탈한 마음이 어둠으로 가득찬 동굴로 들어간다. 동굴의 어둠 속으로 스며든 빛이 어둠과 동굴을 삼킨다. 뇌파가 세타파 수준에 도달할 때 나는 명상의 삼매경 상태에 있을 것이다. 몸에서 이탈한 마음은 태허를 향해 나아간다. 태허는 어디에도 없다. 마음에 정처가 없을 때 물은 달고, 모든 소리는 천상의 음악인 듯 황홀하다.

122

시는 깨달음을 겨냥하지 않는다. 깨달음은 개나 주어라! 깨달음을 시라고 내놓는 자들은 가짜다. 시는 그저 모든 걸 베어버린다. 남는 것은 일망무제의 고요뿐.

123

미당 서정주의 시 중에서 눈썹이 나오는 시가 좋다. 「동천」도 좋고, 덜 알려진 「싸락눈 내리어 눈썹 때리니」도 좋다. "싸락눈 내리어 눈썹 때리니/그 암무당 손때 묻은 징채 보는 것 같군./ㄱ 징과 징채 들고 가던 아홉 살 아이—/암무당의 개와 함께 누룽지에 취직했던/눈썹만이 역력하던 그 하인 아이/보는 것 같군. 보는 것 같군./ 내가 삼백 원짜리 시간강사에도 목이 쉬어/인제는 작파할까 망설이고 있는 날에/싸락눈 내리어 눈썹 때리니……" 검은 눈썹에 히얀 싸락눈이 달라붙는다. 암부당이 가고, 그 뒤를 징과 징채를 든 아홉 살 난 아이가 따른다. 여기에 어떤 분별이 없다. 싸락눈 내리는 날의 풍경에는 무분별의 분별만이 있을 뿐이다. 그 풍경에서 가까스로 불현듯 세계상이 드러난다.

124

무분별의 분별 속에서 모든 언구(言句)는 불꽃 사위고 식어버린 재나 다름없다. 재는 아무것도 아니다. 재에서 돋는 한 포기 파릇한 풀만이 취할 가치가 있다.

125

사자 새끼가 사자 소리를 내는 것, 이것이 시다.

126

사자 새끼가 아닌데도 오랫동안 사자 소리를 내고자
했다. 내가 저지른 첫번째 오류다. 그 어리석음과 오류
를 삼십 년째 품고 시를 썼다. 어리석음을 품고 헛되이
보낸 세월이다. 어느 날 블랙홀에서 나오는 한 소식을
들었다. "맑고 고요한 것이 천하의 바름이다."(노자, 『도
덕경』)

127

사자 새끼가 사자 소리를 내는 것, 이것이 고요다.

128

도처에서 사자 새끼들이 사자 소리를 낸다. 사자 새끼
의 울음소리는 애살스럽다. 나는 몽둥이를 들어 사자 소
리를 내는 것의 머리통을 내리친다. 고요하다. 이게 고
요 이후의 고요다. 그 고요에 닿고자 했지만 닿을 수 없
었다. 어기저기서 쫑알거리는 고요들, 나는 몽둥이를 들
어 도처에서 고요라고 주장하는 것들의 머리통을 깨부

순다.

129

욕망을 비운 뒤 고요는 마음의 빈 곳에 그윽하게 고인다. 감흥도, 파토스도 아닌 것. 사물들 사이의 평화고 질서고 리듬인 것. 고요는 혼란의 살해이고 무질서의 파괴이며 강령의 해체. 사람은 고요에의 의지 때문에 고결해진다. 고요 뒤 보고, 본 것을 사랑한다. 바라봄은 고요의 촉수들이 이 세계에 내미는 수줍은 초대장이다. 차라리 사랑은 고요가 일으키는 가장 시끄러운 사건이다.

130

고요가 단순함에서 발현된다면 정치는 잉여의 소산이다. 정치가 시를 품지 못하니 도무지 고요를 모른다. 정치는 잉여의 맞섬이고 다툼이고 물어뜯음이다.

131

사람은 고요 속에서 바뀐다. 고요는 내적 혁명의 단초

다. 왜 이런 사태가 벌어지는가? 고요는 내면의 동력학에서 나오는 능동성이다. 아무것도 하지 않는 자에게 고요는 다가오지 않는다. 고요는 능동의 혁명이다. 고요한 자만이 세상을 바꿀 수 있다. "꿈꾸는 자의 집은 고요이고, 그가 움직이는 방식은 성찰이다. 홀로 있는 고요함이 존재의 결핍을, 현존의 누락을 살펴 묻게 하는 것이다."(문광훈) 고요가 마음의 실천으로 이어질 때 제 존재를 파릇하게 빛난다. 고요는 마음의 가능성을 열고, 실천의 계시로 빛나며, 아직 아무것도 아님을 됨으로 바꾸는 자기 갱신의 역동성이다.

132

자, 어느 날 고요의 초대장을 받았다고 하자. 고요가 사는 집은 마당에 잔디가 있고, 돌벽은 담쟁이넝쿨로 덮여 있다. 우리는 고요의 문 앞에서 공손하게 인기척을 내야 한다. 그래야만 적막이 옷매무새라도 만지고 우리를 마중나올 수 있다. "잔디는 그냥 밟고 마당으로 들어오세요 열쇠는 현관문 손잡이 위쪽/담쟁이넝쿨로 덮인

돌벽 틈새를 더듬어보시구요 키를 꽂기 전 조그맣게 노크하셔야 합니다/적막이 옷매무새라도 고치고 마중나올 수 있게/대접할 만한 건 없지만 벽난로 옆을 보면/오랫동안 사용하지 않은 장작이 보일 거예요 그 옆에는/낡았지만 아주 오래된 흔들의자/찬장에는 옛 그리스 문양이 새겨진 그릇들/달빛과 모기와 먼지들이 소찬을 벌인 지도 오래되었답니다/방마다 문을, 커튼을, 창을 활짝 열어젖히고/쉬세요 쉬세요 쉬세요 이 집에서는 바람에 날려온 가랑잎도 손님이랍니다/많은 집에 초대를 해봤지만 나는/문간에 서 있는 나를/하인(下人)처럼 정중하게 마중나가는 것이다/안녕하세요 안으로 들어오십시오/그 무거운 머리는 이리 주시고요/그 헐벗은 두 손도"(조정권, 「고요로의 초대」) 고요는 옛날이다. 옛날 속의 스러짐이다. 고요가 지나간 자리마다 소멸의 잔해물들이 쌓여 있다. 그 폐허에서 달빛과 모기와 먼지들이 소찬을 벌인다. 우리가 고요의 초대를 받는다면, 무거운 머리와 헐벗은 두 손은 고요에 맡겨도 좋으리라.

133

지금 지구상에 남은 시마(詩魔)는 열두셋이다. 그 숫자가 정확하지는 않다. 시마의 생태를 연구하는 데 인생을 바친 한 생물학자에 따르면 시마가 민간에서 관찰되는 경우는 매우 희귀하다고 한다. 어쨌든 시마는 세계 어디서나 멸종 위기종으로 보호를 받는다. 시마에 대한 일체의 포획과 밀렵, 매매가 법령으로 금지되어 있다. 그러니 푸줏간에 가서 소의 콩팥 두 점을 요구하듯이 시마를 불러올 수는 없는 노릇이다.

134

지금 지구상에 시를 쓰는 사람은 대략 천이백만 오천 명 안팎이다. 그들이 다 시마를 부른다. 시마는 절대 부족일 수밖에 없다. 시마를 돈 주고 사려는 이들이 있다. 그런데 시마는 돈 주고 살 수 없다. 시마는 딱 한 번 내 뇌의 전두엽에 나비처럼 내려앉은 적이 있다. 시마가 귀로 들어와서 나의 전두엽에 앉았다. 고요하고 포근했다. 아주 오래전 일이다. 열일곱 살 무렵이다. 한밤중 펜 끝에서 검은 잉크가 흘러나오는데, 그게 그대로 시가 되었다. 그 시는 하도 기이하여 누구에게 보인 적이 없다. 내 체온은 정상이고, 맥박도 평시와 다를 바 없었다. 눈꺼풀이 반쯤 내려오고, 내 안에 구름 같은 게 뭉쳐다니는 느낌은 분명했다. 나는 오줌을 누고 손을 씻고 다시 책상 앞에 앉았다. 책상 앞에서 꿈결 같은 상태로 시를 썼다.

135

시마는 봉인된 무의식을 찢고 그 안의 여러 형상들을 불러내 거기에 언어라는 옷을 입혀 세상에 내보낸다. 그 뒤로 시마의 방문을 받은 적이 없다. 시마의 도움을 받으리라는 기대를 접은 지 오래다. 가끔 『주역』이나 『산해경』 따위를 읽는 것은 언감생심 거기서 번쩍이는 영감을 구하려는 게 아니다. 고대의 기서나 희귀 문서들에서 영감이나 착상을 빌려온다 해도 시대와 풍속이 다르니 요즘 시대의 주파수와 맞지 않는다. 『주역』이나 『산해경』으로 시를 쓰려는 짓은 허공을 가르는 주먹질이고, 삼베 바지로 빠져나가는 헛방귀 뀌기와 같다.

136

검은 시루 속에서 물을 먹고 자라는 콩나물. 날마다 물을 주지만 물은 시루 구멍으로 빠져나간다. 물이 머물지 않아도 콩나물은 쑥쑥 잘 자란다. 시루 안에 콩들은 시의 씨앗들이다.

137

가령 이런 시가 그렇다. 세상에 내보낸 적이 없는 아주 어린 시다. "가을이다./제국의 산들에 이목이 쏟아지고/어느 날/내 눈썹이 희어진다./갈 수 없다면/그곳은/마침내 가야 할 곳이다./네 개의 편자,/불꽃과 그림자,/세번째 실연,/기어코 가야 할 이유는/모호하다./바람이 분다, 그곳에/가라./가라./가을이 다 가도/갈 수 없다면/가야 한다.//화살나무 잎 지면/중세의 가을이 닥친다./기다리지 않아도/올빼미가 날고/중독자들은 술에 취한다./푸른 정맥을 가진/너는 화사하다./나는 감자를 쪄서/천일염에 찍어먹는다./신패는 어리다./너무 어려서/나의 열반이다./가을이 와도/갈 수 없다./어린 슬픔을

안고/갈 수 없으므로/가라,/가라."(졸시,「서쪽」)

138

시마가 나를 찾는다면, 또다시 시마가 찾아온다면 나는 그를 내치겠다. 시마 없이 시를 쓰겠다. 시집을 열몇 권이나 더 쓰겠다. 번개, 흙, 무심, 허기, 실패들, 전락하는 삶, '스미다'라는 말, 무의 노란 싹, 닳은 빗자루 끝, 마른 물웅덩이, 돌멩이, 묵은 매화나무 가지에 앉은 동박새 세 마리, 바람, 메아리, 어둠 속에서 울부짖는 고라니의 울음 따위를 숙성시켜 질박한 몇 줄의 언어를 얻겠다.

저게 저절로 붉어질 리는 없다

ⓒ 장석주 2021

초판 1쇄 발행 2021년 12월 10일
초판 4쇄 발행 2023년 10월 25일

지은이 │ 장석주
펴낸이 │ 김민정
책임편집 │ 송원경
편집 │ 유성원 김동휘
표지 디자인 │ 최윤미
본문 디자인 │ 이주영
마케팅 │ 정민호 박치우 한민아 이민경 박진희 정경주 정유선 김수인
브랜딩 │ 함유지 함근아 박민재 김희숙 고보미 정승민 배진성
제작 │ 강신은 김동욱 이순호
제작처 │ 천광인쇄사(인쇄) 경일제책사(제본)

펴낸곳 │ (주)난다
출판등록 │ 2016년 8월 25일 제406-2016-000108호
주소 │ 10881 경기도 파주시 회동길 210
전자우편 │ nandatoogo@gmail.com 페이스북 @nandaisart 인스타그램 @nandaisart
팩스 │ 031) 955-8855
문의전화 │ 031) 955-2696(마케팅), 031) 955-8865(편집)

ISBN 979-11-91859-10-2 03810